öbv

Buntspecht

Wörterbuch

www.oebv.at

Aa

Bb

Cc

Dd

Ee

Ff

Gg

Hh

Ii

Jj

Kk

Ll

Mm
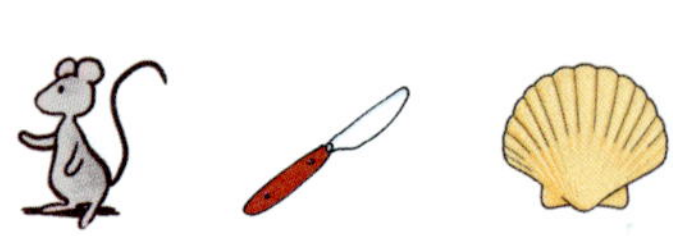

Nn

Oo   

Pp  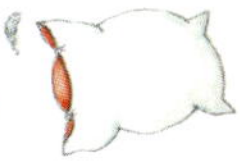 

Qu qu   

Rr   

Ss   

Tt   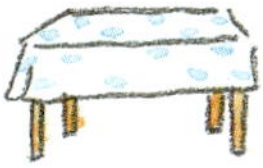

Uu   

Vv   

Ww   

Xx 

Yy 

Zz  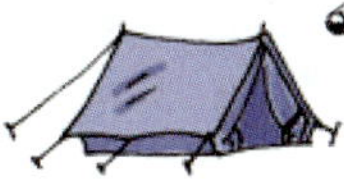 

So findest du dich in den Wortschätzchen zurecht

Jedes Wortschätzchen beginnt mit einem **Wörterbild**.
Das Bild zeigt immer ein bestimmtes Thema.
Dazu gibt es **Sätze**.

Das sind wir!

Wie heißt du?
Ich heiße ...
Mein Name ist ...
Wie heißt der Bub?
Er heißt ...
Was macht deine Freundin?
Meine Freundin lacht.
Sie lacht gern.

Aa der Apfel, die Äpfel
Bb die Banane, die Bananen
die Bank, die Bänke
der Baum, die Bäume
das Bild, die Bilder
der Bub, die Buben
das Buch, die Bücher
Cc der Computer, die Computer
Dd drei 3
du
Ee ein
eine
essen: du isst, sie isst
Ff das Federpennal
die Frau, die Frauen
der Freund, die Freunde
die Freundin, die Freundinnen
Gg gern
Hh das Heft, die Hefte
heißen: du heißt, sie heißt
hören: du hörst, er hört

6 7

Die Wörter zu dem Thema findest du in der **Wörterliste**.
Bilder helfen dir, das Wort zu finden.

Die Wörter sind nach dem **ABC** geordnet.

A B C D E F G H I J K L M N O P Q R S T U V W X Y Z

a b c d e f g h i j k l m n o p q r s t u v w x y z

Das ABC musst du auswendig lernen.

Aa	der **Apfel**, die Äpfel	**Namenwörter** sind **blau** gedruckt.
Bb	**bauen:** du baust, er baut	**Zeitwörter** sind **rot** gedruckt.
Cc		
Dd	**dunkel**	**Eigenschaftswörter** sind **grün** gedruckt.
	durch	**Andere Wörter** sind **schwarz** gedruckt.

der die das

Namenwörter haben **Begleiter**. Die bunten Punkte helfen dir, die richtigen Begleiter zu lernen.

Apfel

Bögen unter den Wörtern zeigen dir die **Sil-ben**.

Wie heißt du?

Ich heiße …
Mein Name ist …

Wie heißt der Bub?

Er heißt …

Was macht deine Freundin?

Meine Freundin lacht.
Sie lacht gern.

Aa

der **Apfel**,
die Äpfel

Bb

die **Banane**,
die Bananen

die **Bank**,
die Bänke

der **Baum**,
die Bäume

das **Bild**,
die Bilder

der **Bub**,
die Buben

das **Buch**,
die Bücher

Cc

der **Computer**,
die Computer

Dd

drei 3

du

Ee

ein

eine

essen:
du isst, sie isst

Ff das **Federpennal**

die **Frau,**
die Frauen

der **Freund,**
die Freunde

die **Freundin,**
die Freundinnen

Gg **gern**

Hh das **Heft,** die Hefte

heißen: du heißt,
sie heißt

hören: du hörst,
er hört

Das sind wir!

Ii

ich

er **isst** → essen

sie **ist** → sein

Jj

die **Jause,** die Jausen

der **Junge,**
die Jungen

Kk

das **Kind,** die Kinder

die **Klasse,**
die Klassen

Ll

lachen:
du lachst,
er lacht

der **Lehrer,**
die Lehrer

die **Lehrerin**
die Lehrerinnen

lernen:
du lernst, sie lernt

lesen: du liest,
er liest

er **liest** → lesen

Mm

machen: du machst,
sie macht

das **Mädchen,**
die Mädchen

sie **mag** → mögen

malen:
du malst, sie malt

der **Mann,**
die Männer

die **Mappe,**
die Mappen

mein *(mein Freund)*

meine
(meine Freundin)

mögen: ich mag,
du magst, sie mag

Nn der **Name,** die Namen

nicht

Oo

Pp die **Pause,**
die Pausen

Qu qu

Rr **rechnen:**
du rechnest,
er rechnet

reden: du redest,
sie redet

Ss **schreiben:**
du schreibst,
er schreibt

die **Schule,**
die Schulen

der **Schüler,**
die Schüler

die **Schülerin,**
die Schülerinnen

die **Schultasche**

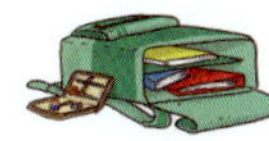

sein: ich bin, du bist,
sie ist

singen:
du singst, er singt

spielen: du spielst,
sie spielt

der **Spitzer,**
die Spitzer

der **Stift,**
die Stifte

Tt die **Tafel,**
die Tafeln

Uu **und**

Vv

Ww **wir**

Xx

Yy

Zz **zwei**

Lukas ist mein Freund.

Er kann gut singen.

Was kannst du?

Ich kann gut ...

Esra ist meine Freundin.
Sie hat braune Haare.
Wie siehst du aus?

Ich habe blaue Augen.
Ich habe ...

Aa

der **Arm,** die Arme

das **Auge,** die Augen

Bb

basteln: du bastelst, sie bastelt

der **Bauch,** die Bäuche

das **Bein,** die Beine

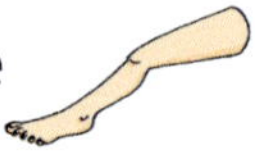

besser → gut

blau

blond

braun

die **Brille,** die Brillen

Cc

Dd

der **Daumen,** die Daumen

dein *(dein Finger)*

deine *(deine Nase)*

Ee

Ff

die **Ferse,** die Fersen 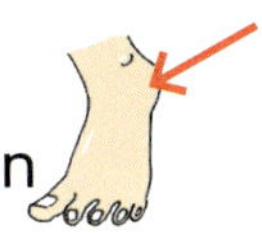

der **Finger,** die Finger 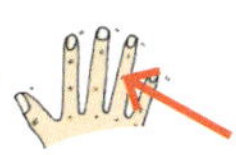

fleißig

der **Fuß,** die Füße 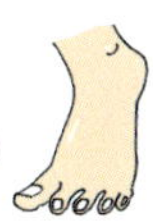

Gg

gehen: du gehst, er geht 

gelb 

grün 

gut, besser

Hh

das **Haar,** die Haare 

haben: du hast, sie hat

der **Hals,** die Hälse 

die **Hand,** die Hände 

sie **hat** → haben

helfen: du hilfst, sie hilft

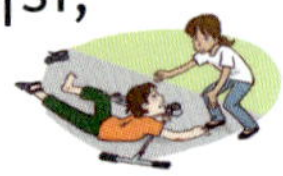

das **Hemd,** die Hemden

er **hilft** → helfen

hören: du hörst, sie hört

die **Hose,** die Hosen

Ii

Jj

Kk

kämmen: du kämmst, er kämmt

sie **kann** → können

das **Kleid,** die Kleider

klettern: du kletterst, sie klettert

kochen: du kochst, er kocht

können: du kannst, sie kann

der **Kopf,** die Köpfe

der **Körper,** die Körper

kurz

Ll

lang

laufen: du läufst, er läuft

er **läuft** → laufen

lila *(ein lila Pulli)*

lustig

Mm

der **Mund,** die Münder

Nn

der **Nabel,** die Nabel

die **Nase,** die Nasen

Oo das **Ohr,** die Ohren 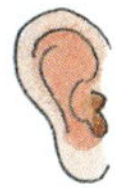

orange 

Pp

Qu qu

Rr **rennen:** du rennst, sie rennt 

der **Rock,** die Röcke 

rosa *(rosa Socken)* 

rot 

Ss der **Schuh,** die Schuhe 

die **Socke,** die Socken 

schwarz 

singen: du singst, er singt 

spielen: du spielst, sie spielt 

stark 

Tt **turnen:** du turnst, er turnt 

Uu **üben:** du übst, sie übt 

und 

Vv

Ww **weiß** 

Xx

Yy

Zz der **Zahn,** die Zähne 

der **Zeh,** die Zehen 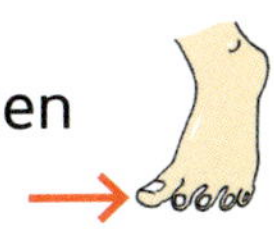

zeichnen: du zeichnest, er zeichnet 

der **Zopf,** die Zöpfe 

Andere Länder

Woher kommst du?

Ich komme aus Deutschland.
In den Ferien fliege ich in die Türkei.

Was macht Lukas im Urlaub?

Er schwimmt im See.
Er wandert ... Er klettert ...

Aa

arbeiten: du arbeitest, er arbeitet

aus

Bb

baden: du badest, sie badet

der **Berg,** die Berge

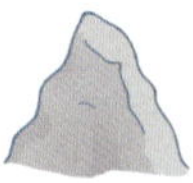

das **Boot,** die Boote

Bosnien

bunt

Cc

Dd

Deutschland

dir → du

dort

du

Ee

Ff

die **Fahne,** die Fahnen

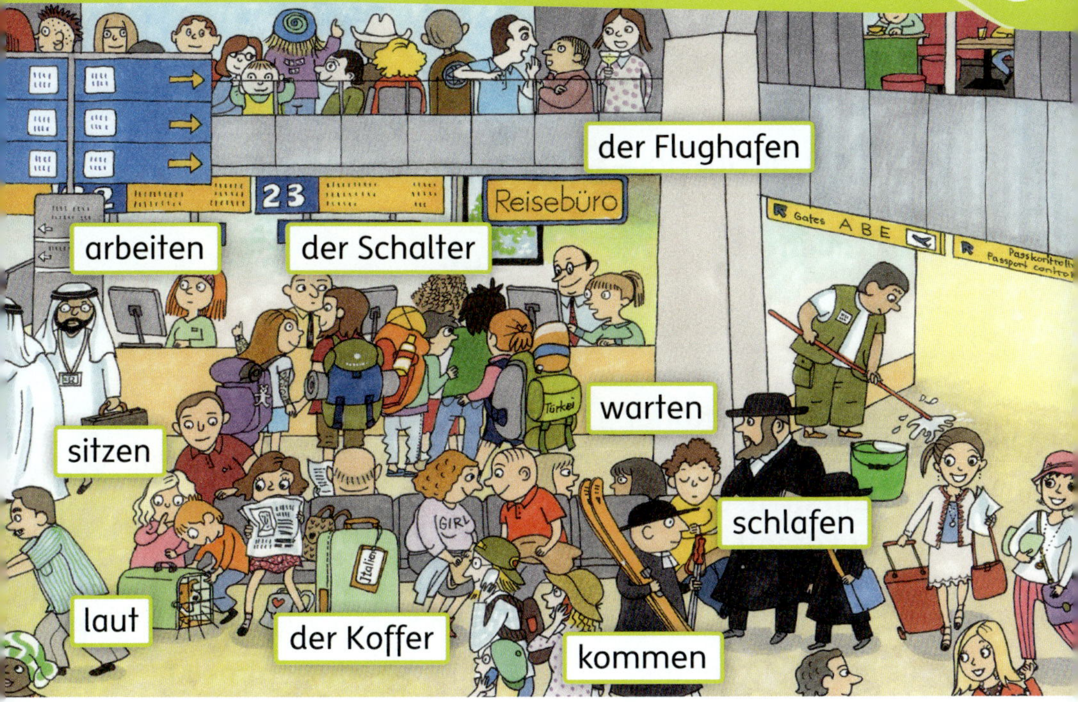

fahren: du fährst, er fährt

er **fährt** → fahren

die **Ferien**

fliegen: du fliegst, sie fliegt

der **Flug,** die Flüge

der **Flughafen,** die Flughäfen

das **Flugzeug,** die Flugzeuge

fort

Gg

das **Geschenk,** die Geschenke

Hh

die **Hand,** die Hände

heiß

der **Hut,** die Hüte

Ii

ich

die **Insel**, die Inseln

Italien

Jj

Kk

der **Koffer**, die Koffer

kommen: du kommst, er kommt

Ll

das **Land**, die Länder

laut

leise

Mm

das **Meer**, die Meere

der **Mensch**, die Menschen

mir → ich

die **Muschel**, die Muscheln

Nn

Oo

Österreich

Pp

Qu qu

Rr

die **Reise**, die Reisen

reisen: du reist, sie reist

Ss

sammeln: du sammelst, er sammelt

der **Sand**

der **Schalter**, die Schalter

das **Schiff**, die Schiffe

schlafen: du schläfst, er schläft

sie **schläft** → schlafen

schnell 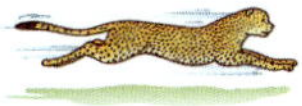

schwimmen: du schwimmst, sie schwimmt 

der **See,** die Seen 

Serbien 

sitzen: du sitzt, er sitzt 

Slowenien 

Spanien 

der **Strand,** die Strände 

Tt

die **Tasche,** die Taschen 

tragen: du trägst, sie trägt 

sie **trägt** → tragen

Tschechien 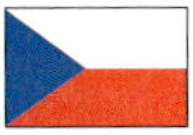

die **Türkei** 

Uu

Ungarn 

der **Urlaub,** die Urlaube 

Vv

viele

von

Ww

wandern: du wanderst, er wandert 

der **Wald,** die Wälder 

warten: du wartest, er wartet 

die **Welle,** die Wellen 

woher

wohin

Xx

Yy

Zz

Wohin fährst du?

Ich fahre in die Schule.
Ich fahre nach links.

Wo steht der Bub?

Er steht an der Ampel.

Wohin geht die Frau?

Sie geht nach Hause.

Aa

die **Ampel,**
die Ampeln

aussteigen: du steigst aus, er steigt aus

das **Auto,**
die Autos

der **Autobus,**
die Autobusse

Bb

die **Bahn,** die Bahnen

der **Bus,**
die Busse

der **Busfahrer,**
die Busfahrer

die **Busfahrerin,**
die Busfahrerinnen

Cc

Dd

sie **darf** → dürfen

dürfen:
du darfst, sie darf

Ee die **Ecke,** die Ecken

einige

einsteigen: du steigst ein, er steigt ein

Ff **fahren:** du fährst, sie fährt

die **Fahrkarte,** die Fahrkarten

das **Fahrrad,** die Fahrräder *(Fahrrad fahren)*

der **Fahrradhelm,** die Fahrradhelme

sie **fährt** → fahren

führen: du führst, er führt

der **Fußgänger,** die Fußgänger

die **Fußgängerin,**
die Fußgängerinnen

Gg

ganz

gehen: du gehst,
sie geht

der **Gehsteig,**
die Gehsteige

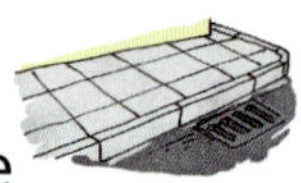

gelb

grün

Hh

der **Helm,** die Helme

Ii

Jj

Kk

Ll

der **Lärm**

links

Mm

das **Motorrad,**
die Motorräder

Nn

nachhause =
nach Hause

nass

Oo

Pp

der **Park,** die Parks

plötzlich

die **Polizei**

der **Polizist,**
die Polizisten

die **Polizistin,**
die Polizistinnen

Qu qu

quietschen:
es quietscht

Rr

das **Rad,** die Räder

rechts

der **Regen**

regnen: es regnet

rollen: du rollst,
er rollt

rot

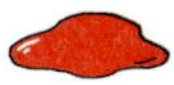

rufen: du rufst, sie ruft

Ss

schauen: du schaust,
er schaut

der **Schulweg,**
die Schulwege

sehen: du siehst,
sie sieht

sicher

sie **sieht** → sehen

spazieren:
du spazierst,
er spaziert

stehen: du stehst,
er steht

die **Straße,** die Straßen

Tt

das **Taxi,** die Taxis

transportieren:
du transportierst,
er transportiert

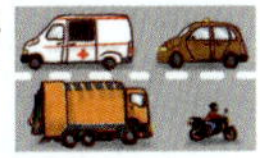

treffen: du triffst,
sie trifft

sie **trifft** → treffen

trocken

Uu

Vv

der **Verkehr**

vorbei

Ww

Xx

Yy

Zz

der **Zebrastreifen,**
die Zebrastreifen

der **Zug,** die Züge

Lies mir bitte eine spannende Geschichte vor.

Wer rettet die Prinzessin?

Der mutige Ritter rettet sie.

Hörst du mir zu?

Ja! Du kannst sehr gut vorlesen.

Aa

der **Anfang,** die Anfänge

die **Angst,** die Ängste

ängstlich

Bb

der **Baum,** die Bäume

der **Besen,** die Besen

böse

das **Buch,** die Bücher

Cc

Dd

dann

der **Dinosaurier,** die Dinosaurier

der **Drache,** die Drachen

Ee

einmal 1x

eins 1

das **Ende**,
die Enden

erzählen:
du erzählst,
sie erzählt

Ff

fangen:
du fängst, sie fängt

die **Fee**, die Feen

fressen: du frisst,
er frisst

er **frisst** → fressen

der **Frosch**,
die Frösche

fürchten: du fürchtest,
sie fürchtet

Gg

die **Geschichte**,
die Geschichten

das **Gespenst**,
die Gespenster

groß

gut

Hh die **Hexe,** die Hexen

sie **hört** zu → zuhören

Ii der **Indianer,** die Indianer

Jj

Kk klein

klug

das **Krokodil,** die Krokodile

Ll laut

leise

sie **liest** vor → vorlesen

der **Löwe,** die Löwen

Mm das **Märchen,** die Märchen

die **Maus,** die Mäuse

mutig

Nn die **Nixe,** die Nixen

Oo ohne

Pp das **Pferd,** die Pferde

der **Prinz,** die Prinzen

die **Prinzessin,** die Prinzessinnen

Qu qu

Rr der **Rabe,** die Raben

der **Räuber,** die Räuber

die **Räuberin,** die Räuberinnen

der **Ring**, die Ringe 

der **Riese**,
die Riesen 

die **Riesin**,
die Riesinnen 

der **Ritter**, die Ritter 

retten: du rettest,
er rettet

Ss

der **Schatz**,
die Schätze 

das **Schloss**, 
die Schlösser 

der **Schluss** 

spannend 

Tt

der **Teich**,
die Teiche 

das **Tor**, die Tore

der **Traum**, die Träume

Uu

unter *(unter dem Tisch)* 

Vv

der **Vampir**, die Vampire

vorlesen: 
du liest vor,
sie liest vor

Ww

Xx

Yy

Zz

der **Zauberer**, die Zauberer

die **Zauberin**,
die Zauberinnen 

zaubern: du zauberst,
er zaubert

zuhören: du hörst zu,
sie hört zu 

zum

der **Zwerg**,
die Zwerge 

Wo wohnt ihr?

Ich wohne in einem Haus.
Sara wohnt in einer
großen Wohnung.

Was macht ihr?

Sara sieht fern.
Nico räumt auf.

Aa

aufräumen: du räumst auf, er räumt auf

Bb

das **Bad,** die Bäder

das **Bett,** die Betten

die **Bürste,** die Bürsten

Cc

Dd

das **Dach,** die Dächer

dein *(dein Bett)*

duschen:
du duschst,
sie duscht

Ee

Ff

das **Fenster,**
die Fenster

fernsehen:
du siehst fern,
er sieht fern

die **Flasche,** die Flaschen

Gg der **Garten,** die Gärten

gemütlich

gießen: du gießt,
sie gießt

Hh **hängen:**
du hängst, er hängt

das **Haus,** die Häuser

der **Herd,** die Herde

hinter
(hinter der Kiste)

hoch, höher

hohe:
das hohe Haus

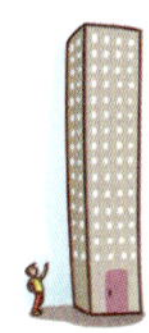

höher → hoch

Ii

Jj

Kk der **Kasten,** die Kästen

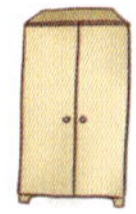

kochen: du kochst,
er kocht

die **Küche,**
die Küchen

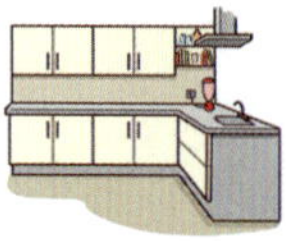

Ll

die **Lampe,**
die Lampen

legen: du legst,
er legt

die **Leiter,**
die Leitern

Mm

die **Mauer,** die Mauern

meine *(meine Lampe)*

sie **muss** → müssen

müssen: du musst,
sie muss

Nn

der **Nagel,** die Nägel

neu

Oo

oben

der **Ofen,** die Öfen

ordentlich

Pp

die **Puppe,**
die Puppen

putzen: du putzt,
er putzt

Qu qu

Rr

das **Regal,** die Regale

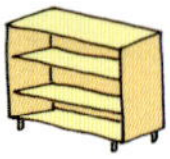

Ss

schließen:
du schließt,
sie schließt

schön

der **Schrank,**
die Schränke

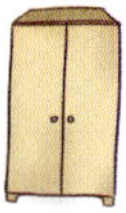

der **Sessel,** die Sessel

er **sieht** fern →
fernsehen

der **Spiegel**, die Spiegel 

spielen: du spielst, er spielt 

das **Spielzeug**, die Spielzeuge 

der **Staub** 

der **Staubsauger**, die Staubsauger 

stellen: du stellst, er stellt 

die **Stiege**, die Stiegen

die **Stufe**, die Stufen 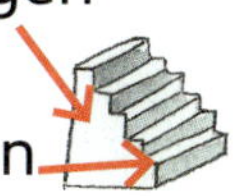

Tt

der **Teppich**, die Teppiche 

der **Tisch**, die Tische 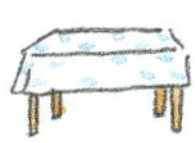

der **Topf**, die Töpfe 

das **Tor**, die Tore 

die **Tür**, die Türen 

Uu

unten 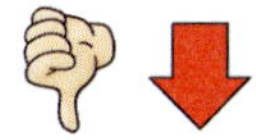

Vv

die **Vase**, die Vasen 

vor
(vor dem Spiegel) 

Ww

die **Wand**, die Wände 

waschen: du wäschst, sie wäscht 

sie **wäscht** → waschen

wohnen: du wohnst, er wohnt 

die **Wohnung**, die Wohnungen

Xx

Yy

Zz

das **Zelt**, die Zelte 

das **Zimmer**, die Zimmer 

Ist das deine Familie?

Ja, meine Familie ist sehr groß. Siehst du meinen Bruder?

Wer ist die junge Frau?

Das ist meine Tante mit ihrer Katze.

Wer ist der alte Mann?

Das ist mein Großvater.

Aa

alle

alt

Bb

das **Baby,** die Babys

besuchen:
du besuchst,
er besucht

die **Blume,** die Blumen

der **Bruder,**
die Brüder

Cc

Dd

Ee

die **Eltern**

endlich

Ff

die **Familie,** die Familien

feiern: du feierst,
sie feiert

fertig

das **Fest,** die Feste 

sich **freuen:** du freust dich, er freut sich 

für

Gg

die **Gabel,** die Gabeln 

der **Geburtstag,** die Geburtstage 

gern

das **Glück**

glücklich 

grau 

groß 

die **Großeltern** 

die **Großmutter,** die Großmütter 

der **Großvater,** die Großväter 

Hh

holen: du holst, sie holt

Ii

ihr *(ihr Baby)*

ihre *(ihre Oma)*

Jj

jung

Kk

klein

der **Kuchen,** die Kuchen

der **Kuss,** die Küsse

küssen: du küsst, er küsst

Ll

lieben: du liebst, sie liebt

der **Löffel,** die Löffel

Mm

er **mag** → mögen

die **Mama,** die Mamas

das **Messer,** die Messer

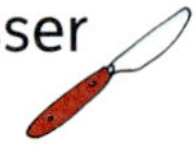

mixen: du mixt, er mixt

der **Mixer,** die Mixer

mögen: du magst, er mag

die **Mutter,** die Mütter

Nn

der **Namenstag,** die Namenstage

niemand

Oo

die **Oma,** die Omas

der **Onkel,** die Onkel

der **Opa,** die Opas

Pp

der **Papa,** die Papas

Qu qu

die **Rose**, die Rosen

schenken:
du schenkst,
sie schenkt

schmecken:
du schmeckst,
er schmeckt

die **Schwester**,
die Schwestern

sein *(sein Onkel)*

seine *(seine Familie)*

der **Sohn**, die Söhne

stellen: du stellst,
sie stellt

streiten:
du streitest,
er streitet

das **Stück**, die Stücke

die **Tante**, die Tanten

teilen: du teilst,
er teilt

der **Teller**, die Teller

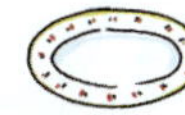

die **Tochter**,
die Töchter

die **Torte**, die Torten

umarmen:
du umarmst,
er umarmt

der **Vater**, die Väter

wann

wer

der **Wunsch**, die Wünsche

wütend

zusammen

Hell und dunkel

Was leuchtet am dunklen Himmel?

Der Mond und die Sterne leuchten so hell.

In der Nacht ist es kalt. Was ziehst du an?

Ich ziehe einen Pullover und eine warme Jacke an.

Aa

am Abend 

anzünden: du zündest an, er zündet an 

aufsetzen: du setzt auf, sie setzt auf 

Bb

beobachten: du beobachtest, er beobachtet 

bewölkt 

blau 

Cc

brennen: es brennt 

Dd

dunkel 

durch

Ee

die **Erde** 

die **Eule,** die Eulen 

Hell und dunkel

Ff

das **Fernrohr,** die Fernrohre

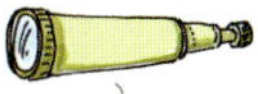

das **Feuer,** die Feuer

frieren: du frierst,
er friert

der **Fuchs,** die Füchse

sich **fürchten:** du fürchtest
dich, sie fürchtet sich

Gg

gelb

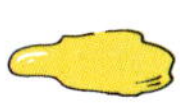

Hh

halten: du hältst,
er hält

er **hält** → halten

der **Hase,** die Hasen

die **Haube,**
die Hauben

das **Haus,** die Häuser

hell

das **Hemd,** die Hemden

Hell und dunkel

der **Himmel**, die Himmel

Ii

Jj

die **Jacke**, die Jacken

Kk

kalt, kälter

kälter → kalt

die **Kerze**, die Kerzen

die **Kirche**,
die Kirchen

krank, kränker

kränker → krank

kühl

Ll

leuchten: du leuchtest,
es leuchtet

das **Licht**, die Lichter

Mm

der **Mantel**, die Mäntel

der **Mond**, die Monde

die **Mütze**,
die Mützen

Nn

die **Nacht**, die Nächte

der **Nebel**, die Nebel

Oo

oben

Pp

der **Planet**,
die Planeten

der **Pulli**, die Pullis

der **Pullover**, die Pullover

Qu qu

Rr

rund

Ss

der **Schal**,
die Schals

scheinen: du scheinst,
es scheint

der **Schnee** 

schneien: es schneit

schwarz 

sie **setzt** auf → aufsetzen

die **Sonne,**
die Sonnen 

spät 

der **Stern,** die Sterne 

der **Stiefel,**
die Stiefel 

still 

Tt

der **Tag,** die Tage 

der **Tee,** die Tees 

tief 

Uu

über

unten

Vv

voll 

Ww

wach 

warm, wärmer 

wärmer → warm

wehen: es weht 

weiß 

der **Wind,** die Winde 

die **Wolke,**
die Wolken 

Xx

Yy

Zz

er **zündet** an →
anzünden 

Hast du Zeit?

Wie viele Tage hat die Woche?

Die Woche hat sieben Tage.

Kommt ihr am Mittwoch?

Ja, am Nachmittag haben wir Zeit.

Welche Jahreszeit magst du am liebsten?

Am liebsten mag ich den kalten Winter.

Aa

ab

der **Abend,** die Abende

am Abend 

acht 

anfangen: du fängst an, er fängt an

der **April**

der **August**

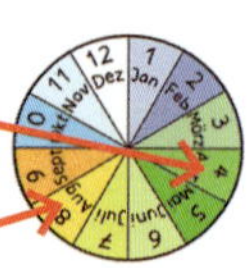

Bb

bis *(bis morgen)*

das **Blatt,** die Blätter 

Cc

Dd

der **Dezember** 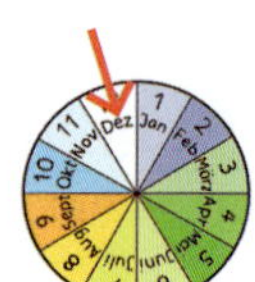

der **Dienstag,** die Dienstage 

diese

der **Donnerstag,** die Donnerstage 

Ee die **Ente,** die Enten 

das **Frühstück** 

Ff er **fängt** an → anfangen

der **Februar** 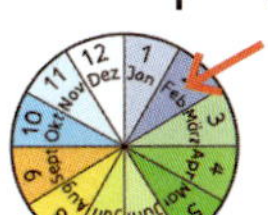

feiern: du feierst,
er feiert 

das **Feuerwerk** 

der **Freitag,** die Freitage 

der **Frühling,** die Frühlinge

Gg **geben:** du gibst,
sie gibt 

gestern

sie **gibt** → geben

Hh der **Herbst,** die Herbste

heute

Ii

Jj

das **Jahr**, die Jahre

der **Jänner**

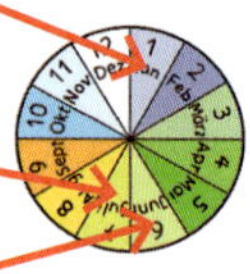

der **Juli**

der **Juni**

Kk

der **Kalender**, die Kalender

Ll

die **Lampe**, die Lampen

langsam

lila

Mm

der **Mai**

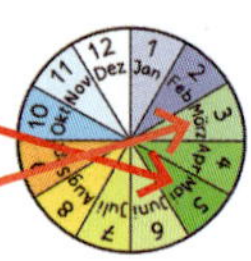

der **März**

die **Minute**, die Minuten

der **Mittag**, die Mittage

der **Mittwoch**,
die Mittwoche

der **Monat**,
die Monate

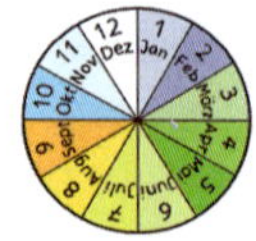

der **Montag**, die Montage

morgen

Nn

nachher

der **Nachmittag**,
die Nachmittage

die **Nacht**, die Nächte

nehmen: du nimmst,
er nimmt

er **nimmt** → nehmen

der **November**

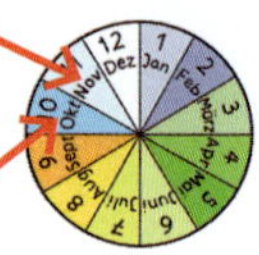

Oo

der **Oktober**

Ostern

Pp

pünktlich

Qu qu

Rr

rosa 

Ss

der Samstag, die Samstage 

schenken: du schenkst, sie schenkt 

schon

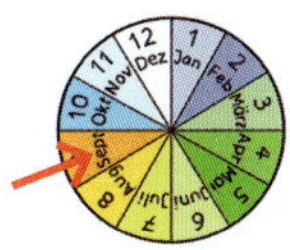

der September

der Sommer, die Sommer

der Sonntag, die Sonntage

die Stunde, die Stunden

Tt

der Tag, die Tage 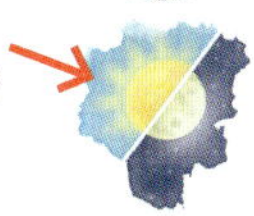

Uu

die Uhr, die Uhren 

Vv

der Vogel, die Vögel

der Vormittag, die Vormittage

Ww

Weihnachten 

werden: du wirst, er wird

sie will → wollen

der Winter, die Winter

er wird → werden

die Woche, die Wochen

die Wolle 

wollen: du willst, sie will

wünschen: du wünschst, er wünscht

Xx

Yy

Zz

zählen: du zählst, sie zählt

die Zeit, die Zeiten

Was machen die Kinder im Schnee?

Sie bauen einen Schneemann.

Frierst du?

Nein, ich habe meine Handschuhe an.

Lass uns mit der Rodel fahren!

Aa

alles

der **Anorak,** die Anoraks

Bb

bauen: du baust, er baut

sich **bewegen:** du bewegst dich, sie bewegt sich

braun

Cc

Dd

draußen

drinnen

durstig

Ee

das **Eis**

eislaufen: du läufst eis, er läuft eis

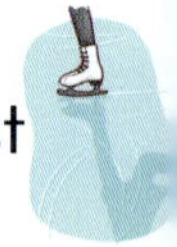

Ff

frieren: du frierst, sie friert

frisch 

fröhlich 

der **Fuß,** die Füße 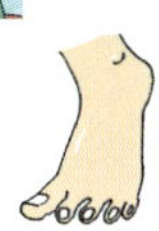

Gg

gewinnen:
du gewinnst,
er gewinnt 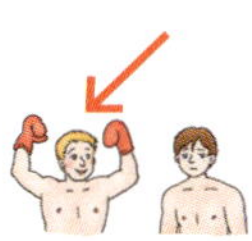

Hh

die **Hand,** die Hände 

der **Handschuh,**
die Handschuhe 

hart 

die **Haube,** die Hauben

der **Helm,** die Helme 

der **Hunger**

hungrig 

Ii

immer

Jj

jemand

jetzt

Kk

Ll

lassen: du lässt,
sie lässt

sie **lässt** → lassen

er **läuft** eis →
eislaufen

die **Leute**

loben:
du lobst,
er lobt

lustig

Mm

machen: du machst,
sie macht

die **Mütze,** die Mützen

Nn

nachhause =
nach Hause

nass

nur

Oo

Pp

paar *(ein paar Kekse)*

das **Paar,**
die Paare
(ein Paar Handschuhe)

Qu qu

quer

Rr

die **Rodel,**
die Rodeln

rodeln: du rodelst,
er rodelt

Ss

der **Schal,**
die Schals

der **Schi,** die Schis
(Schi fahren)

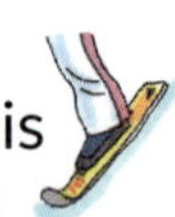

schießen:
du schießt,
sie schießt

der **Schlitten,**
die Schlitten

der **Schnee**

der **Schneeball,**
die Schneebälle

der **Schneemann,**
die Schneemänner

schneien: es schneit

schwarz

das **Snowboard,**
die Snowboards

der **Spaß,** die Späße

der **Sport**

sportlich

der **Stiefel,**
die Stiefel

Tt

trocken

Uu

Vv

Ww

weich

werfen: du wirfst,
er wirft

wetten:
du wettest,
sie wettet

das **Wetter**

er **wirft** → werfen

Xx

Yy

Zz

ziehen: du ziehst,
er zieht

Wie verkleidet sich Romy im Fasching?

Sie geht als wilder Löwe.

Isst du gerne Süßigkeiten?

Am liebsten mag ich Krapfen.

Das Mädchen ist traurig, weil niemand mit ihm tanzen will.

Aa

Bb das **Bonbon,** die Bonbons

Cc der **Clown,** die Clowns

Dd **drehen:** du drehst, sie dreht

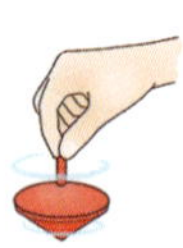

der **Durst**

durstig

Ee **eng**

erkennen: du erkennst, er erkennt

essen: du isst, er isst

etwas (*etwas Süßes*)

Ff der **Fasching**

die **Farbe,**
die Farben

die **Feder,** die Federn

die **Fee,** die Feen

das **Fest,** die Feste

Gg

das **Gesicht,** die Gesichter

Hh

der **Hase,** die Hasen

die **Hexe,**
die Hexen

der **Hut,** die Hüte

Ii

sie **isst** → essen

Jj

Kk

kennen: du kennst,
er kennt

das **Kleid,**
die Kleider

komisch

der **Krapfen**, die Krapfen

Ll

lachen:
du lachst,
er lacht

das **Lied**, die Lieder

der **Löwe**,
die Löwen

Mm

der **Marienkäfer**,
die Marienkäfer

die **Maske**, die Masken

mehr → viel

miteinander

Nn

die **Nixe**, die Nixen

Oo

Pp

der **Pirat**,
die Piraten

der **Polizist**,
die Polizisten

die **Polizistin**,
die Polizistinnen

der **Prinz**, die Prinzen

die **Prinzessin**,
die Prinzessinnen

Qu qu

Rr

der **Ritter**, die Ritter

Ss

sich **schminken:**
du schminkst dich,
sie schminkt sich

die **Schokolade**,
die Schokoladen

der **Spaß**,
die Späße

spitz

springen:
du springst,
er springt

stolpern:
du stolperst,
sie stolpert

süß

die **Süßigkeiten**

Tt

tanzen: du tanzt,
er tanzt

traurig

Uu

der **Umzug,** die Umzüge

Vv

sich **verkleiden:**
du verkleidest dich,
sie verkleidet sich

die **Verkleidung,**
die Verkleidungen

verlieren: du verlierst,
er verliert

verraten: du verrätst,
sie verrät

sie **verrät** → verraten

viel *(viel Gemüse, viele Krapfen)*, mehr *(mehr Süßigkeiten)*

vielleicht

Ww

weinen:
du weinst,
er weint

wild

der **Witz,** die Witze

witzig

Xx

Yy

Zz

der **Zucker**

Wo wohnen die Leute?

Sie leben in der Stadt.
Sie leben auf dem Land.

Wohin geht Tante Helga?

Sie kauft im Dorf etwas ein.

Wir finden den Weg nicht.
Entschuldigen Sie, bitte –
wo ist der Spielplatz?

Aa

der **Ast,** die Äste

auf *(auf der Kiste)*

der **Ausflug,** die Ausflüge

Bb

der **Bach,** die Bäche

bald

der **Bauer,** die Bauern

die **Bäuerin,**
die Bäuerinnen

besuchen:
du besuchst,
er besucht

die **Biene,** die Bienen

bitten: du bittest,
sie bittet

bleiben: du bleibst,
er bleibt

blühen: es blüht

brauchen:
du brauchst,
sie braucht

Cc

Dd

das **Dorf,** die Dörfer 

die **Dose,** die Dosen 

draußen 

drinnen 

Ee

einkaufen:
du kaufst ein,
er kauft ein 

Ff

die **Fabrik,** die Fabriken

das **Feld,** die Felder 

fern

finden:
du findest, sie findet

fließen: es fließt 

der **Fluss,** die Flüsse 

Gg

das **Geschäft,** die Geschäfte 

gesund  

das **Gras,** die Gräser 

Hh

hier

das **Hochhaus,** die Hochhäuser 

der **Hund,** die Hunde 

Ii

der **Igel,** die Igel 

Jj

Kk

er **kauft** ein → einkaufen

die **Kirche,** die Kirchen 

der **Kran,** die Kräne 

Ll

laufen: du läufst, sie läuft 

sie **läuft** → laufen

leben: du lebst, er lebt

die **Leute** 

Mm

der **Markt,** die Märkte 

der **Müll** 

Nn

nah, näher

näher → nah

nichts

Oo

der **Ort,** die Orte

Österreich 

Pp

der **Platz,** die Plätze

Qu qu

die **Quelle,** die Quellen

Rr

rasten: du rastest, sie rastet

Ss

sauber

das **Schaf,** die Schafe

schmutzig

der **Specht,** die Spechte

der **Spielplatz,** die Spielplätze

die **Stadt,** die Städte

der **Stock,** die Stöcke

die **Straße,** die Straßen

summen: du summst, er summt

Tt

Uu

überall

ungesund

Vv

verstecken: du versteckst, sie versteckt

Ww

der **Wald,** die Wälder

wandern: du wanderst, er wandert

das **Wasser**

der **Weg,** die Wege

wegwerfen: du wirfst weg, sie wirft weg

die **Wiese,** die Wiesen

sie **wirft** weg → wegwerfen

Xx

Yy

Zz

der **Zirkus,** die Zirkusse

Was ist dein Traumberuf?

Ich möchte einmal Arzt werden.

Was macht deine Mutter?

Sie arbeitet als Mechanikerin.

Wen rufst du an?

Ich telefoniere mit meinem Frisör.

Aa

die **Arbeit,** die Arbeiten

arbeiten: du arbeitest, er arbeitet

arm

der **Arzt,** die Ärzte

die **Ärztin,** die Ärztinnen

Bb

backen: du bäckst, sie bäckt

der **Bäcker,** die Bäcker

die **Bäckerei,** die Bäckereien

die **Bäckerin,** die Bäckerinnen

sie **bäckt** → backen

bekommen: du bekommst, er bekommt

der **Beruf,** die Berufe

billig 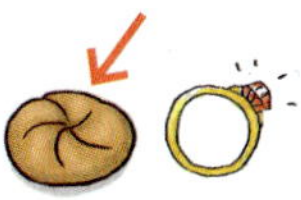

bringen:
du bringst, sie bringt

das **Brot,** die Brote 

der **Busfahrer,**
die Busfahrer

die **Busfahrerin,**
die Busfahrerinnen

die **Butter**

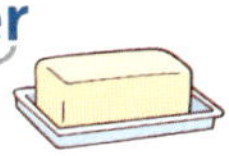

Cc der **Cent,** die Cents 

Dd

Ee der **Euro,** die Euros 

Ff **fleißig**

der **Frisör,** die Frisöre

die **Frisörin,**
die Frisörinnen

So viele Berufe!

Gg

genau

Hh

Ii

Jj

jeder *(jeder Mann)*

jedes *(jedes Kind)*

Kk

kaufen: du kaufst, er kauft

der **Käufer**, die Käufer

die **Käuferin**, die Käuferinnen

der **Kindergärtner**, die Kindergärtner

die **Kindergärtnerin**, die Kindergärtnerinnen

die **Kraft**, die Kräfte

kräftig

Ll

Mm

machen: du machst, sie macht

die **Maschine**, die Maschinen

der **Mechaniker**, die Mechaniker

die **Mechanikerin**, die Mechanikerinnen

sich merken: du merkst dir, er merkt sich

müde

Nn

Oo

Pp

der **Polizist**, die Polizisten

die **Polizistin**, die Polizistinnen

der **Preis**, die Preise

Qu qu

Rr

der **Rauchfangkehrer,** die Rauchfangkehrer

die **Rauchfangkehrerin,** die Rauchfangkehrerinnen

reich

Ss

schneiden: du schneidest, er schneidet

der **Sekretär,** die Sekretäre

die **Sekretärin,** die Sekretärinnen

sollen: du sollst, sie soll

sparen: du sparst, er spart

Tt

telefonieren: du telefonierst, sie telefoniert

teuer 

der **Tischler,** die Tischler

die **Tischlerin,** die Tischlerinnen

Uu

untersuchen: du untersuchst, er untersucht

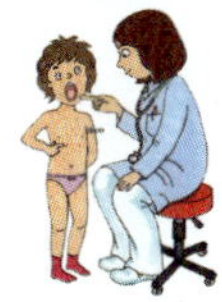

Vv

verdienen: du verdienst, er verdient

verkaufen: du verkaufst, er verkauft

der **Verkäufer,** die Verkäufer

die **Verkäuferin,** die Verkäuferinnen

Ww

Xx

Yy

Zz

zur

Was macht Jonas am liebsten?

Er spielt Fußball mit seinen Freunden.

Ist deine Schwester sportlich?

Ja, sie fährt gerne mit dem Skateboard. Danach ruht sie sich aus.

Aa

am liebsten

sich **ausruhen:**
du ruhst dich aus,
er ruht sich aus

Bb

der **Ball,** die Bälle

der **Baustein,**
die Bausteine

die **Beere,** die Beeren

die **Birne,** die Birnen

Cc

die **CD,** die CDs

der **CD-Player,**
die CD-Player

der **Chor,** die Chöre

die **Cornflakes**

Dd

danken: du dankst,
sie dankt

die **Decke,** die Decken

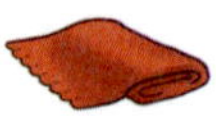

denken: du denkst, er denkt

er **denkt** nach → nachdenken

duften: du duftest, sie duftet

Ee

die **Erdbeere,** die Erdbeeren

essen: du isst, er isst

Ff

fangen: du fängst, sie fängt

fein

der **Film,** die Filme

der **Fisch,** die Fische

die **Fisole,** die Fisolen

das **Fleisch**

das **Foto,** die Fotos

die **Frittatensuppe**

die **Frucht,** die Früchte

der **Fußball,** die Fußbälle

Gg

gemeinsam

das **Gemüse**

genießen: du genießt, er genießt

gesund

die **Gitarre,** die Gitarren

die **Gurke,** die Gurken

Hh

die **Himbeere,** die Himbeeren

Ii

er **isst** → essen

Jj

Kk

das **Kissen,** die Kissen

das **Klavier,** die Klaviere

das **Kuscheltier,** die Kuscheltiere

Ll

lesen: du liest, sie liest

liegen: du liegst, sie liegt

sie **liest** → lesen

Mm

malen: du malst, sie malt

die **Musik**

Nn

nachdenken: du denkst nach, er denkt nach

neu

die **Nuss,** die Nüsse

Oo das **Obst**

die **Orange**, die Orangen

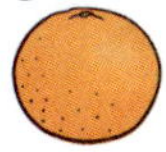

Pp **pfeifen:** du pfeifst, sie pfeift

der **Polster**, die Polster

Qu qu das **Quartett**, die Quartette

Rr **ruhig**

Ss **schmecken:** du schmeckst, er schmeckt

sehr

der **Sessel**, die Sessel

das **Skateboard**, die Skateboards

das **Spiel**, die Spiele

spielen: du spielst, er spielt

sportlich

die **Suppe**, die Suppen

Tt das **Tier**, die Tiere

trinken: du trinkst, sie trinkt

Uu

Vv das **Video**, die Videos

die **Violine**, die Violinen

das **Vitamin**, die Vitamine

Ww **wieder**

Xx

Yy

Zz die **Zitrone**, die Zitronen

Hast du ein Haustier?

Ja, ich habe einen treuen Hund.

Wer füttert die dicke Katze?

Unser Nachbar gibt ihr das Futter.

Magst du Spinnen?

Nein, ich mag lieber eine Maus.

Aa

der **Affe,** die Affen 

andere

Bb

der **Bär,** die Bären 

beißen: du beißt, er beißt 

bellen: er bellt 

der **Boxer,** die Boxer 

bluten: du blutest, er blutet 

brav

Cc

Dd

der **Dackel,** die Dackel 

dick 

dünn 

Ee

das **Ei,** die Eier 

der **Elefant,** die Elefanten 

die **Ente,** die Enten 

der **Esel,** die Esel 

die **Eule,** die Eulen 

Ff

das **Fell,** die Felle 

der **Fisch,** die Fische 

der **Flügel,** die Flügel 

das **Futter** 

füttern: du fütterst, er füttert

Gg

die **Gans,** die Gänse 

gefährlich 

gesund 

Hh

der **Hahn,** die Hähne 

der **Hamster,** die Hamster 

der **Hase,** die Hasen 

das **Huhn,** die Hühner 

der **Hund,**
die Hunde 

Ii

immer

Jj

Kk

der **Käfer,** die Käfer 

der **Käfig,** die Käfige 

die **Katze,**
die Katzen 

krank 

kratzen: du kratzt,
sie kratzt 

das **Kücken,** die Kücken 

die **Kuh,** die Kühe 

Ll

laut 

leise 

lieb 

Mm

die **Maus,**
die Mäuse 

die **Milch** 

Nn

nagen: du nagst,
er nagt 

das **Nest,** die Nester 

Oo

Pp

der **Papagei,**
die Papageien 

pflegen: du pflegst,
sie pflegt 

Qu qu

quaken: du quakst,
er quakt 

die **Qualle,**
die Quallen 

Rr

Ss

die **Schlange,** die Schlangen

die **Schnecke,** die Schnecken

der **Schwanz,** die Schwänze

das **Schwein,** die Schweine

der **Seelöwe,** die Seelöwen

die **Spinne,** die Spinnen

der **Stall,** die Ställe

der **Storch,** die Störche

Tt

die **Tatze,** die Tatzen

das **Tier,** die Tiere

der **Tiger,** die Tiger

treu

Uu

der **Uhu,** die Uhus

ungesund

der **Urwald,** die Urwälder

Vv

verletzt

der **Vogel,** die Vögel

Ww

warten: du wartest, sie wartet

das **Wasser**

der **Wurm,** die Würmer

Xx

Yy

Zz

das **Zebra,** die Zebras

der **Zoo,** die Zoos

Schickst du Nick ein E-Mail?

Ja, ich tippe schnell ein paar Sätze am Computer.

Hallo, wer spricht da, bitte?

Ich bin es, Janine. Ich habe gerade einen Brief für euch aufgegeben.

Aa

aber

der **Anruf,** die Anrufe

anrufen: du rufst an, er ruft an

die **Antwort,** die Antworten

antworten: du antwortest, sie antwortet

auch

aufgeben: du gibst auf, er gibt auf

Bb

berichten: du berichtest, sie berichtet

der **Brief,** die Briefe

der **Briefkasten,** die Briefkästen

der **Briefträger,** die Briefträger

die **Briefträgerin,**
die Briefträgerinnen

Cc

der **Computer,**
die Computer

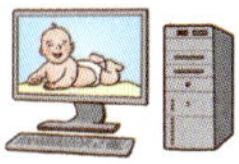

Dd

Ee

das **E-Mail,** die E-Mails

erklären: du erklärst,
er erklärt

Ff

fertig

fragen: du fragst,
sie fragt

freundlich

Gg

gerade

gescheit

das **Gespräch,**
die Gespräche

er **gibt** auf → aufgeben

der **Gruß,** die Grüße

grüßen: du grüßt,
er grüßt

Hh

höflich

Ii

interessant

Jj

Kk

die **Kamera,**
die Kameras

die **Karte,**
die Karten

Ll

langsam

Mm

manchmal

das **Mikrofon,**
die Mikrofone

Nn

nie

Oo

offen

öffnen: du öffnest,
er öffnet

oft, öfter

öfter → oft

Pp

das **Paket,**
die Pakete

die **Post**

der **Postkasten,**
die Postkästen

Qu qu

Rr

der **Reporter,**
die Reporter

die **Reporterin,**
die Reporterinnen

er **ruft** an → anrufen

Ss

sagen: du sagst, er sagt

schicken: du schickst, er schickt

schnell

schreiben: du schreibst, sie schreibt

schwer

senden: du sendest, er sendet

sprechen: du sprichst, er spricht

der **Stempel,** die Stempel

er **spricht** → sprechen

Tt

das **Telefon,** die Telefone

tippen: du tippst, sie tippt

Uu

unhöflich

Vv

der **Vorname,** die Vornamen

Ww

wählen: du wählst, er wählt

warum

was

sie **weiß** → wissen

die **Welt**

wissen: du weißt, sie weiß

das **Wort,** die Wörter

Xx

Yy

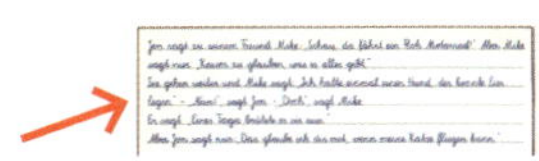

Zz

die **Zeile,** die Zeilen

die **Zeitung,** die Zeitungen

So findest du dich im großen Wörterverzeichnis zurecht

Den **Anfangsbuchstaben** findest du auf jeder Seite oben in der linken oder in der rechten Ecke.

Neben dem Anfangsbuchstaben sind auch die **zweiten Buchstaben** angegeben.

Aa au – au

das Aus|land
der Aus|län|der, die Ausländer
die Aus|län|de|rin, die Ausländerinnen
aus|län|disch
aus|lee|ren, du leerst aus, er leerte aus, sie hat ausgeleert
aus|lei|hen, du leihst aus, er lieh aus, sie hat ausgeliehen
die Aus|nah|me, die Ausnahmen
aus|nahms|wei|se
aus|pa|cken, du packst aus, er packte aus, sie hat ausgepackt
der Aus|puff, die Auspuffe
die Aus|re|de, die Ausreden
aus|ren|ken, du renkst dir fast den Hals aus, er renkte sich aus, sie hat sich ausgerenkt
aus|rot|ten, du rottest aus, er rottete aus, sie hat ausgerottet
aus|ru|hen, du ruhst dich aus, er ruhte sich aus, sie hat sich ausgeruht
der Aus|schlag, die Ausschläge
aus|schließ|lich
aus|schnei|den, du schneidest aus, er schnitt aus, sie hat ausgeschnitten
aus|se|hen, du siehst müde aus, er sah aus, sie hat ausgesehen
au|ßen: von außen und von innen
der Au|ßen|sei|ter, die Außenseiter
die Au|ßen|sei|te|rin, die Außenseiterinnen
au|ßer: niemand außer mir
au|ßer|dem
au|ßer|ir|disch
die Aus|sicht, die Aussichten
aus|sichts|los
aus|stei|gen, du steigst aus, er stieg aus, sie ist ausgestiegen
die Aus|stel|lung, die Ausstellungen
aus|su|chen, du suchst aus, er suchte aus, sie hat ausgesucht
Aus|t|ra|li|en
der Aus|t|ra|li|er, die Australier
die Aus|t|ra|li|e|rin, die Australierinnen
aus|t|ra|lisch
Aus|t|ria
der Aus|ver|kauf
aus|ver|kauft
die Aus|wahl
aus|wäh|len, du wählst aus, er wählte aus, sie hat ausgewählt
aus|wärts

80

au – ax Aa

der Aus|weg, die Auswege
der Aus|weis, die Ausweise
aus|wen|dig
das Au|to, die Autos
die Au|to|bahn, die Autobahnen
der Au|to|bus, die Autobusse
das Au|to|gramm, die Autogramme
der Au|to|mat, die Automaten
der Au|tor, die Autoren
die Au|to|rin, die Autorinnen

av

die Avo|ca|do, die Avocados

ax

die Axt, die Äxte

ba – ba Bb

ba

das Ba|by, die Babys
der Bach, die Bäche
die Ba|cke, die Backen
ba|cken, du bäckst, er backte, sie hat gebacken
der Bä|cker, die Bäcker
die Bä|cke|rin, die Bäckerinnen
die Bä|cke|rei, die Bäckereien
das Back|rohr, die Backrohre
bäckst → backen
das Bad, die Bäder
die Ba|de|ho|se, die Badehosen
der Ba|de|meis|ter, die Bademeister
die Ba|de|meis|te|rin, die Bademeisterinnen
ba|den, du badest, er badete, sie hat gebadet
das Ba|de|tuch, die Badetücher
die Ba|de|wan|ne, die Badewannen
das Ba|de|zim|mer
der Bag|ger, die Bagger
die Bahn, die Bahnen
der Bahn|hof, die Bahnhöfe
der Bahn|steig
die Bah|re, die Bahren
ba|lan|cie|ren, du balancierst, er balancierte, sie ist balanciert
bald
der Bal|ken, die Balken
der Bal|kon, die Balkone

81

Die **ABC-Leiste** am Buchrand hilft dir, den gewünschten Buchstaben zu finden.

Überschriften zeigen dir, wo der nächste Abschnitt beginnt.

A B C D E F G H I J K L M N O P Q R S T U V W X Y Z

a b c d e f g h i j k l m n o p q r s t u v w x y z

Das ABC musst du auswendig lernen.

A der **Abend**, die Abende

Namenwörter
sind **blau** gedruckt. Die Mehrzahl ist auch oft angegeben.

der **Alp|traum** *(= Albtraum)*

= bedeutet, dass auch eine andere Schreibweise richtig ist.

B **be|gin|nen**, du beginnst, er begann, sie hat begonnen

Zeitwörter
sind **rot** gedruckt. Wichtige Zeitwortformen sind angegeben. Ab Seite 234 findest du eine Liste mit besonderen Zeitwörtern.

C **be|gon|nen** → beginnen

→ Der Pfeil zeigt dir an, dass du bei einer anderen Wortform nachschauen sollst.

D **dau|ernd**

Eigenschaftswörter
sind **grün** gedruckt.

da|zwi|schen

Andere Wörter
sind **schwarz** gedruckt.
Die grauen Striche zeigen dir, wo du ein Wort trennen kannst.

die **De|cke**, die Decken

Wenn ein Wort zwei verschiedene Bedeutungen hat, werden diese mit Bildern erklärt.

A B C D E F G H I J K L M N O P Q R S T U V W X Y Z

aa

der **Aal**, die Aale

ab

ab: ab und zu
ab|bei|ßen, du beißt ab, er biss ab, sie hat abgebissen
ab|bie|gen, du biegst ab, er bog ab, sie ist abgebogen
die **Ab|bil|dung**, die Abbildungen
das **Abc** *(= ABC)*
der **Abend**, die Abende: am Abend, heute Abend, gestern Abend, der Heilige Abend, eines Abends, zu Abend essen, der Montagabend
das **Abend|es|sen**, die Abendessen
abends
das **Aben|teu|er**, die Abenteuer
aben|teu|er|lich
aber
der **Aber|glau|be**
aber|gläu|bisch
die **Ab|fahrt**, die Abfahrten
der **Ab|fall**, die Abfälle
der **Ab|flug**
das **Ab|gas**, die Abgase
der **Ab|ge|ord|ne|te**, die Abgeordneten
die **Ab|ge|ord|ne|te**, die Abgeordneten
der **Ab|grund**, die Abgründe
der **Ab|hang**, die Abhänge
ab|hän|gig
ab|här|ten, du härtest dich ab, er härtete sich ab, sie hat sich abgehärtet
ab|ho|len, du holst ab, er holte ab, sie hat abgeholt
ab|kür|zen, du kürzt ab, er kürzte ab, sie hat abgekürzt
die **Ab|kür|zung**, die Abkürzungen
der **Ab|satz**, die Absätze
ab|scheu|lich
der **Ab|schied**, die Abschiede; die Abschiedsfeier
der **Ab|schnitt**, die Abschnitte
ab|seits
der **Ab|sen|der**, die Absender
die **Ab|sen|de|rin**, die Absenderinnen
die **Ab|sicht**, die Absichten
ab|sicht|lich
ab|so|lut
die **Ab|sper|rung**, die Absperrungen
der **Ab|stand**, die Abstände
ab|stim|men, du stimmst ab, er stimmte ab, sie hat abgestimmt
die **Ab|stim|mung**
ab|stür|zen, du stürzt ab, er stürzte ab, sie ist abgestürzt
das **Ab|teil**, die Abteile
ab|tei|len, du teilst ab, er teilte ab, sie hat abgeteilt

die **Ab|tei|lung**, die Abteilungen
ab|wärts; abwärtsgehen
ab|wa|schen, du wäsch(s)t ab, er wusch ab, sie hat abgewaschen
ab|wech|selnd
die **Ab|wechs|lung**
ab|weh|ren, du wehrst ab, er wehrte ab, sie hat abgewehrt
ab|we|send
das **Ab|zieh|bild**, die Abziehbilder
ab|zwei|gen, du zweigst ab, er zweigte ab, sie ist abgezweigt
die **Ab|zwei|gung**, die Abzweigungen

ac

die **Ach|se**, die Achsen
die **Ach|sel**, die Achseln
acht: acht|hun|dert
der **Ach|te**; der Achter
acht|ge|ben *(= Acht geben)*, du gibst acht, er gab acht, sie hat achtgegeben
acht|mal
Acht ge|ben *(= achtgeben)*, du gibst Acht, er gab Acht, sie hat Acht gegeben
ach|ten, du achtest, er achtete, sie hat geachtet
die **Ach|ter|bahn**
acht|sam
die **Ach|tung**
acht|zehn
acht|zig
der **Acker**, die Äcker
die **Ac|tion**; der Actionfilm

ad

ad|die|ren, du addierst, er addierte, sie hat addiert
die **Ad|di|ti|on**, die Additionen
die **Ader**, die Adern
das **Ad|jek|tiv**, die Adjektive
der **Ad|ler**, die Adler
ad|op|tie|ren, du adoptierst, er adoptierte, sie hat adoptiert
die **Ad|op|ti|on**
die **Ad|res|se**, die Adressen
der **Ad|vent**
der **Ad|vent|ka|len|der**

af

der **Af|fe**, die Affen
Af|ri|ka
der **Af|ri|ka|ner**, die Afrikaner
die **Af|ri|ka|ne|rin**, die Afrikanerinnen
af|ri|ka|nisch

ag

die **Ag|gres|sion**, die Aggressionen
ag|gres|siv

A B C D E F G H I J K L M N O P Q R S T U V W X Y Z

ah

ah|nen, du ahnst, er ahnte, sie hat geahnt
ähn|lich
die **Ähn|lich|keit**, die Ähnlichkeiten
die **Ah|nung**, die Ahnungen
ah|nungs|los
der **Ahorn**; der Ahornsirup
die **Äh|re** *(des Getreides)*, die Ähren

ai

Aids
der **Air|bag**, die Airbags

ak

das **Ak|kor|de|on**, die Akkordeons
der **Ak|ku|sa|tiv**
der **Ak|ro|bat**, die Akrobaten
die **Ak|ro|ba|tin**, die Akrobatinnen
die **Ak|ti|on**, die Aktionen
ak|tiv
ak|tu|ell

al

der **Alarm**, die Alarmanlage
alar|mie|ren, du alarmierst, er alarmierte, sie hat alarmiert
der **Alb|traum** *(= Alptraum)*, die Albträume
das **Al|bum**, die Alben
die **Al|ge**, die Algen
der **Al|ko|hol**
al|ko|hol|frei
das **All**
al|le
die **Al|lee**, die Alleen
al|lein: allein sein
al|ler|dings
die **Al|ler|gie**, die Allergien
al|ler|gisch
Al|ler|hei|li|gen
Al|ler|see|len
al|les: alles Gute
all|ge|mein
all|mäh|lich
der **All|tag**
die **Alm**, die Almen
die **Al|pen** *(Mz.)*
das **Al|pha|bet**
al|pha|be|tisch
der **Alp|traum** *(= Albtraum)*, die Alpträume
als
al|so
alt, älter, am ältesten
der **Al|tar**, die Altäre
das **Al|ter**; das Altersheim
das **Alt|pa|pier**
die **Alu|fo|lie**, die Alufolien
das **Alu|mi|ni|um**

am

am: am Tag

die **Am|bu|lanz**, die Ambulanzen
die **Amei|se**, die Ameisen
Amen *(= amen)*
amen *(= Amen)*
Ame|ri|ka
der **Ame|ri|ka|ner**, die Amerikaner
die **Ame|ri|ka|ne|rin**, die Amerikanerinnen
ame|ri|ka|nisch
die **Am|pel**, die Ampeln
die **Am|sel**, die Amseln
das **Amt**, die Ämter
amü|sie|ren, du amüsierst dich, er amüsierte sich, sie hat sich amüsiert

an

an
die **Ana|nas**, die Ananas
an|bie|ten, du bietest an, er bot an, sie hat angeboten
der **An|blick**
an|dau|ernd
das **An|den|ken**, die Andenken
an|de|re
än|dern, du änderst dich, er änderte sich, sie hat sich geändert
an|ders
die **Än|de|rung**, die Änderungen
an|ei|n|an|der
an|fah|ren, du fährst an, er fuhr an, sie ist angefahren
der **An|fall**, die Anfälle
der **An|fang**, die Anfänge
an|fan|gen, du fängst an, er fing an, sie hat angefangen
der **An|fän|ger**, die Anfänger
die **An|fän|ge|rin**, die Anfängerinnen
an|fangs
der **An|füh|rer**, die Anführer
die **An|füh|re|rin**, die Anführerinnen
das **An|füh|rungs|zei|chen**, die Anführungszeichen
an|ge|ben, du gibst an, er gab an, sie hat angegeben
der **An|ge|ber**, die Angeber
die **An|ge|be|rin**, die Angeberinnen
das **An|ge|bot**, die Angebote
die **An|gel**, die Angeln
an|geln, ich angle, du angelst, er angelte, sie hat geangelt
an|ge|nehm
der **An|ge|stell|te**, die Angestellten
die **An|ge|stell|te**, die Angestellten

an|ge|wöh|nen, du gewöhnst dir an, er gewöhnte sich an, sie hat sich angewöhnt
die **An|ge|wohn|heit**, die Angewohnheiten
die **An|gi|na**
an|grei|fen, du greifst an, er griff an, sie hat angegriffen
der **An|griff**, die Angriffe
angst: angst und bange
die **Angst**, die Ängste; Angst haben
ängst|lich: ängstlich sein
an|gur|ten, du gurtest dich an, er gurtete sich an, sie hat sich angegurtet
an|hal|ten, du hältst an, er hielt an, sie hat angehalten
der **An|hän|ger**, die Anhänger
die **An|hän|ge|rin**, die Anhängerinnen
an|häng|lich
der **An|ker**, die Anker
an|kom|men, du kommst an, er kam an, sie ist angekommen
an|kreu|zen, du kreuzt an, er kreuzte an, sie hat angekreuzt
an|kün|di|gen, du kündigst an, er kündigte an, sie hat angekündigt
die **An|kunft**, die Ankünfte
der **An|lass**, die Anlässe
der **Ano|rak**, die Anoraks
der **An|rai|ner**, die Anrainer
die **An|rai|ne|rin**, die Anrainerinnen
der **An|ruf**, die Anrufe
an|ru|fen, du rufst an, er rief an, sie hat angerufen
die **An|sa|ge**, die Ansagen
an|sa|gen, du sagst an, er sagte an, sie hat angesagt
an|schau|en, du schaust an, er schaute an, sie hat angeschaut
an|schlie|ßend
die **An|schrift**, die Anschriften
an|se|hen, du siehst an, er sah an, sie hat angesehen
die **An|sicht**, die Ansichten
die **An|sichts|kar|te**
an|stän|dig
an|statt
an|ste|ckend: eine ansteckende Krankheit
sich **an|stel|len**, du stellst dich an, er stellte sich an, sie hat sich angestellt
der **An|stoß**, die Anstöße
an|stren|gen, du strengst dich an, er strengte sich an, sie hat sich angestrengt
an|stren|gend
die **An|stren|gung**, die Anstrengungen

A B C D E F G H I J K L M N O P Q R S T U V W X Y Z

die **An|ten|ne**, die Antennen
der **An|trag**, die Anträge
an|trei|ben, du treibst an, er trieb an, sie hat angetrieben
die **Ant|wort**, die Antworten
ant|wor|ten, du antwortest, er antwortete, sie hat geantwortet
an|we|send
die **An|zahl**
die **An|zei|ge**, die Anzeigen
die **An|zei|ge|ta|fel**, die Anzeigetafeln
an|zie|hen, du ziehst dich an, er zog sich an, sie hat sich angezogen
der **An|zug**, die Anzüge
an|zün|den, du zündest an, er zündete an, sie hat angezündet

ap

der **Ap|fel**, die Äpfel
der **Ap|fel|ku|chen**, die Apfelkuchen
der **Apos|tel**, die Apostel
die **Apo|the|ke**, die Apotheken
der **Ap|pa|rat**, die Apparate
das **Ap|par|te|ment**, die Appartements
der **Ap|pe|tit**
ap|pe|tit|lich
ap|plau|die|ren, du applaudierst, er applaudierte, sie hat applaudiert
der **Ap|plaus**
der **Ap|ril**; der Aprilscherz

aq

das **Aqua|ri|um**, die Aquarien

ar

die **Ar|beit**, die Arbeiten
ar|bei|ten, du arbeitest, er arbeitete, sie hat gearbeitet
der **Ar|bei|ter**, die Arbeiter
die **Ar|bei|te|rin**, die Arbeiterinnen
ar|beits|los
der **Ar|chi|tekt**, die Architekten
die **Ar|chi|tek|tin**, die Architektinnen
der **Är|ger**
är|ger|lich
är|gern, du ärgerst ihn, er ärgerte sie, sie hat mich geärgert
das **Ar|gu|ment**, die Argumente
arm, ärmer, am ärmsten
der **Arm**, die Arme
die **Ar|ma|tur**; das Armaturenbrett
der **Ar|me**, die Armen
die **Ar|me**, die Armen
der **Är|mel**, die Ärmel
är|mel|los

A B C D E F G H I J K L M N O P Q R S T U V W X Y Z

die **Ar|mut**
ar|ro|gant
die **Art**, die Arten
der **Ar|ti|kel**, die Artikel
der **Ar|tist**, die Artisten
die **Ar|tis|tin**, die Artistinnen
die **Arz|nei**, die Arzneien
der **Arzt**, die Ärzte
die **Ärz|tin**, die Ärztinnen

as

die **Asche**
der **Ascher|mitt|woch**
der **Asi|at**, die Asiaten
die **Asi|a|tin**, die Asiatinnen
asi|a|tisch
Asi|en
der **As|phalt**
as|phal|tie|ren, du asphaltierst, er asphaltierte, sie hat asphaltiert
sie **aß** → essen
das **Ass**, die Asse
der **As|sis|tent**, die Assistenten
die **As|sis|ten|tin**, die Assistentinnen
der **Ast**, die Äste
das **Asth|ma**
der **As|t|ro|naut**, die Astronauten
die **As|t|ro|nau|tin**, die Astronautinnen
das **Asyl**; der Asylantrag
der **Asy|lant**, die Asylanten
der **Asyl|wer|ber**, die Asylwerber
die **Asyl|wer|be|rin**, die Asylwerberinnen

at

der **Atem**
atem|los
der **Ath|let**, die Athleten
die **Ath|le|tin**, die Athletinnen
der **At|las**, die Atlanten *(= Atlasse)*
at|men, du atmest, er atmete, sie hat geatmet
die **At|mos|phä|re**
die **At|mung**
das **Atom**, die Atome
das **Atom|kraft|werk**
das **At|ten|tat**, die Attentate
at|trak|tiv

au

die **Au**, die Auen
auch
auf: auf Wiedersehen
auf|bau|en, du baust auf, er baute auf, sie hat aufgebaut
auf|dring|lich
auf|ei|n|an|der
der **Auf|ent|halt**, die Aufenthalte
auf|fah|ren, du fährst auf, er fuhr auf, sie ist aufgefahren
auf|fal|lend

die **Auf|füh|rung**, die Aufführungen
die **Auf|ga|be**, die Aufgaben
auf|ge|ben, du gibst auf, er gab auf, sie hat aufgegeben
auf|ge|regt
auf|hän|gen, du hängst auf, er hängte auf, sie hat aufgehängt
der **Auf|kle|ber**, die Aufkleber
auf|merk|sam
die **Auf|merk|sam|keit**
auf|pas|sen, du passt auf, er passte auf, sie hat aufgepasst
auf|räu|men, du räumst auf, er räumte auf, sie hat aufgeräumt
auf|recht: aufrecht sitzen
auf|re|gen, du regst dich auf, er regte sich auf, sie hat sich aufgeregt
die **Auf|re|gung**
der **Auf|satz**, die Aufsätze
auf|set|zen, du setzt auf, er setzte auf, sie hat aufgesetzt
auf|stel|len, du stellst auf, er stellte auf, sie hat aufgestellt
auf|stüt|zen, du stützt dich auf, er stützte sich auf, sie hat sich aufgestützt
der **Auf|trag**, die Aufträge
der **Auf|wand**
auf|wän|dig *(= aufwendig)*
auf|wärts; aufwärtsgehen
auf|wen|dig *(= aufwändig)*
der **Auf|zug**, die Aufzüge
das **Au|ge**, die Augen
der **Au|gen|blick**, die Augenblicke
die **Au|gen|braue**, die Augenbrauen
das **Au|gen|lid**, die Augenlider
der **Au|gust**
aus: aus dem Haus gehen
die **Aus|bil|dung**
der **Aus|blick**
die **Aus|dau|er**
aus|dau|ernd
der **Aus|druck**, die Ausdrücke, aber: Computerausdrucke
die **Aus|ei|n|an|der|set|zung**
die **Aus|fahrt**, die Ausfahrten; ausfahren
der **Aus|flug**, die Ausflüge
aus|führ|lich
der **Aus|gang**, die Ausgänge
aus|ge|hen, du gehst aus, er ging aus, sie ist ausgegangen
aus|ge|las|sen: eine ausgelassene Party
aus|gie|big: eine ausgiebige Mahlzeit
die **Aus|gra|bung**, die Ausgrabungen
die **Aus|kunft**, die Auskünfte
die **Aus|la|ge**, die Auslagen

A B C D E F G H I J K L M N O P Q R S T U V W X Y Z

das **Aus|land**
der **Aus|län|der**, die Ausländer
die **Aus|län|de|rin**, die Ausländerinnen
aus|län|disch
aus|lee|ren, du leerst aus, er leerte aus, sie hat ausgeleert
aus|lei|hen, du leihst aus, er lieh aus, sie hat ausgeliehen
die **Aus|nah|me**, die Ausnahmen
aus|nahms|wei|se
aus|pa|cken, du packst aus, er packte aus, sie hat ausgepackt
der **Aus|puff**, die Auspuffe
die **Aus|re|de**, die Ausreden
aus|ren|ken, du renkst dir fast den Hals aus, er renkte sich aus, sie hat sich ausgerenkt
aus|rot|ten, du rottest aus, er rottete aus, sie hat ausgerottet
aus|ru|hen, du ruhst dich aus, er ruhte sich aus, sie hat sich ausgeruht
der **Aus|schlag**, die Ausschläge
aus|schließ|lich
aus|schnei|den, du schneidest aus, er schnitt aus, sie hat ausgeschnitten
aus|se|hen, du siehst müde aus, er sah aus, sie hat ausgesehen
au|ßen: von außen und von innen
der **Au|ßen|sei|ter**, die Außenseiter
die **Au|ßen|sei|te|rin**, die Außenseiterinnen
au|ßer: niemand außer mir
au|ßer|dem
au|ßer|ir|disch
die **Aus|sicht**, die Aussichten
aus|sichts|los
aus|stei|gen, du steigst aus, er stieg aus, sie ist ausgestiegen
die **Aus|stel|lung**, die Ausstellungen
aus|su|chen, du suchst aus, er suchte aus, sie hat ausgesucht
Aus|t|ra|li|en
der **Aus|t|ra|li|er**, die Australier
die **Aus|t|ra|li|e|rin**, die Australierinnen
aus|t|ra|lisch
Aus|t|ria
der **Aus|ver|kauf**
aus|ver|kauft
die **Aus|wahl**
aus|wäh|len, du wählst aus, er wählte aus, sie hat ausgewählt
aus|wärts

der **Aus|weg**, die Auswege
der **Aus|weis**, die Ausweise
aus|wen|dig
das **Au|to**, die Autos
die **Au|to|bahn**, die Autobahnen
der **Au|to|bus**, die Autobusse
das **Au|to|gramm**, die Autogramme
der **Au|to|mat**, die Automaten
der **Au|tor**, die Autoren
die **Au|to|rin**, die Autorinnen

av

die **Avo|ca|do**, die Avocados

ax

die **Axt**, die Äxte

ba

das **Ba|by**, die Babys
der **Bach**, die Bäche
die **Ba|cke**, die Backen
ba|cken, du bäckst, er backte, sie hat gebacken
der **Bä|cker**, die Bäcker
die **Bä|cke|rin**, die Bäckerinnen
die **Bä|cke|rei**, die Bäckereien
das **Back|rohr**, die Backrohre
bäckst → backen
das **Bad**, die Bäder
die **Ba|de|ho|se**, die Badehosen
der **Ba|de|meis|ter**, die Bademeister
die **Ba|de|meis|te|rin**, die Bademeisterinnen
ba|den, du badest, er badete, sie hat gebadet
das **Ba|de|tuch**, die Badetücher
die **Ba|de|wan|ne**, die Badewannen
das **Ba|de|zim|mer**
der **Bag|ger**, die Bagger
die **Bahn**, die Bahnen
der **Bahn|hof**, die Bahnhöfe
der **Bahn|steig**
die **Bah|re**, die Bahren
ba|lan|cie|ren, du balancierst, er balancierte, sie ist balanciert
bald
der **Bal|ken**, die Balken
der **Bal|kon**, die Balkone

der **Ball**, die Bälle

das **Bal|lett**
der **Bal|lett|tän|zer**, die Balletttänzer
die **Bal|lett|tän|ze|rin**, die Balletttänzerinnen
der **Bal|lon**, die Ballone *(= Ballons)*
der **Bam|bus**
die **Ba|na|ne**, die Bananen
sie **band** → binden
das **Band** *(zum Binden)*, die Bänder; das Haarband

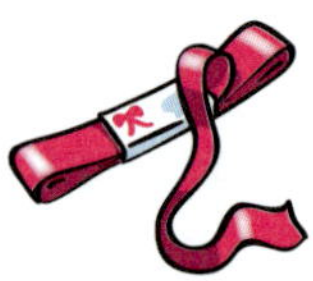

der **Band** *(Buch)*, die Bände
die **Band** *(Musikgruppe)*, die Bands
die **Ban|de** *(Verbrecherbande; Einfassung eines Spielfeldes)*, die Banden

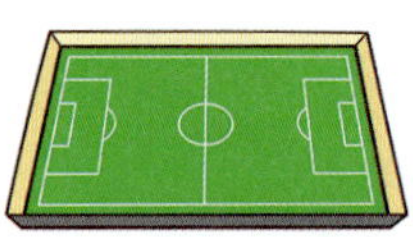

bän|di|gen, du bändigst, er bändigte, sie hat gebändigt

die **Bank** *(Geldinstitut)*, die Banken; der Banküberfall

die **Bank** *(Sitzgelegenheit)*, die Bänke
der **Bär**, die Bären

bar|fuß
der **Bart**, die Bärte
das **Ba|si|li|kum**
die **Bas|tel|an|lei|tung**
bas|teln, du bastelst, er bastelte, sie hat gebastelt
der **Bast|ler**, die Bastler
die **Bast|le|rin**, die Bastlerinnen
sie **bat** → bitten
die **Bat|te|rie**, die Batterien
der **Bau** *(Gebäude)*, die Bauten; die Baustelle

der **Bau** (*Fuchsbau*), die Baue
der **Bauch**, die Bäuche
bau|en, du baust, er baute, sie hat gebaut
der **Bau|er**, die Bauern
die **Bäu|e|rin**, die Bäuerinnen

das **Bau|ern|haus**, die Bauernhäuser
der **Bau|ern|hof**, die Bauernhöfe
der **Baum**, die Bäume
das **Baum|haus**, die Baumhäuser
der **Bau|stein**, die Bausteine

be

be|ach|ten, du beachtest, er beachtete, sie hat beachtet
der **Be|am|te**, die Beamten
die **Be|am|tin**, die Beamtinnen
be|auf|sich|ti|gen, du beaufsichtigst, er beaufsichtigte, sie hat beaufsichtigt
der **Be|cher**, die Becher
das **Be|cken**, die Becken
be|dan|ken, du bedankst dich, er bedankte sich, sie hat sich bedankt
be|dau|ern, ich bedauere, du bedauerst, er bedauerte, sie hat bedauert
be|deu|ten, es bedeutet, du bedeutest mir viel, er bedeutete ihr viel, sie hat ihm viel bedeutet
be|deu|tend
die **Be|deu|tung**, die Bedeutungen
die **Be|die|nung**
die **Be|din|gung**, die Bedingungen
be|dro|hen, du bedrohst, er bedrohte, sie hat bedroht
die **Be|dro|hung**, die Bedrohungen
das **Be|dürf|nis**, die Bedürfnisse
sich **be|ei|len**, du beeilst dich, er beeilte sich, sie hat sich beeilt
be|ein|flus|sen, du beeinflusst ihn, er beeinflusste sie, sie hat uns beeinflusst
be|en|den, du beendest, er beendete, sie hat beendet
die **Be|er|di|gung**
die **Bee|re**, die Beeren
das **Beet**, die Beete

er **be|fahl** → befehlen
be|fah|ren: eine befahrene Straße
sie **be|fand** sich → befinden
der **Be|fehl**, die Befehle
be|feh|len, du befiehlst, er befahl, sie hat befohlen
be|fes|ti|gen, du befestigst, er befestigte, sie hat befestigt
er **be|fiehlt** → befehlen
sich **be|fin|den**, du befindest dich, er befand sich, sie hat sich befunden
be|foh|len → befehlen

A B C D E F G H I J K L M N O P Q R S T U V W X Y Z

be|frei|en, du befreist, er befreite, sie hat befreit
die **Be|frei|ung**
be|freun|det
be|frie|di|gend
das **Be|frie|di|gend**: die Note Befriedigend
be|fun|den → befinden
be|gabt
die **Be|ga|bung**
sie **be|gann** → beginnen
be|geg|nen, du begegnest ihm, er begegnete ihr, sie ist uns begegnet
die **Be|geg|nung**
be|geis|tern, du begeistert dich, er begeisterte sich, sie hat sich begeistert; begeistert
die **Be|geis|te|rung**
der **Be|ginn**
be|gin|nen, du beginnst, er begann, sie hat begonnen
be|glei|ten, du begleitest mich, er begleitete ihn, sie hat uns begleitet
be|gon|nen → beginnen
das **Be|gräb|nis**, die Begräbnisse
be|grei|fen, du begreifst, er begriff, sie hat begriffen
der **Be|griff**, die Begriffe
er **be|griff** → begreifen
be|grif|fen → begreifen
be|grün|den, du begründest, er begründete, sie hat begründet
be|grü|ßen, du begrüßt, er begrüßte, sie hat begrüßt
die **Be|grü|ßung**
be|haart
er **be|hält** → behalten
be|hal|ten, du behältst, er behielt, sie hat behalten
der **Be|häl|ter**, die Behälter
be|han|deln, du behandelst, er behandelte, sie hat behandelt
die **Be|hand|lung**, die Behandlungen
be|haup|ten, du behauptest, er behauptete, sie hat behauptet
be|herr|schen, du beherrschst, er beherrschte, sie hat beherrscht
sie **be|hielt** → behalten
be|hin|dert
der **Be|hin|der|te**, die Behinderten
die **Be|hin|der|te**, die Behinderten
die **Be|hin|de|rung**
bei: bei mir

bei|brin|gen, du bringst mir bei, er brachte ihr bei, sie hat uns beigebracht
die **Beich|te**
beich|ten, du beichtest, er beichtete, sie hat gebeichtet
bei|de: alle beide; beides
das **Beil**, die Beile
beim: beim Lesen
das **Bein**, die Beine
bei|na|he
bei|sam|men
das **Bei|spiel**, die Beispiele; zum Beispiel *(= z. B.)*
bei|ßen, du beißt, er biss, sie hat gebissen
der **Bei|strich**, die Beistriche
be|ja|hen, du bejahst, er bejahte, sie hat bejaht
er **be|kam** → bekommen
be|kannt
der **Be|kann|te**, die Bekannten
die **Be|kann|te**, die Bekannten
die **Be|klei|dung**
be|kom|men, du bekommst, er bekam, sie hat bekommen
die **Be|läs|ti|gung**, die Belästigungen
be|lei|di|gen, du beleidigst ihn, er beleidigte sie, sie hat mich beleidigt
be|lei|digt: Er ist beleidigt.
die **Be|lei|di|gung**, die Beleidigungen
die **Be|leuch|tung**, die Beleuchtungen
Bel|gi|en
der **Bel|gi|er**, die Belgier
die **Bel|gi|e|rin**, die Belgierinnen
be|liebt
bel|len, der Hund bellt, er bellte, er hat gebellt
er **be|log** → belügen
be|lo|gen → belügen
die **Be|loh|nung**
be|lü|gen, du belügst ihn, er belog sie, sie hat ihn belogen
be|mer|ken, du bemerkst, er bemerkte, sie hat bemerkt
be|mer|kens|wert
be|merk|bar
sich **be|mü|hen**, du bemühst dich, er bemühte sich, sie hat sich bemüht
sie **be|nahm** sich → benehmen
sich **be|neh|men**, du benimmst dich, er benahm sich, sie hat sich benommen
be|nei|den, du beneidest, er beneidete, sie hat beneidet
er **be|nimmt** sich → benehmen
be|nom|men → benehmen
be|nö|ti|gen, du benötigst, er benötigte, sie hat benötigt
die **Be|no|tung**

A B C D E F G H I J K L M N O P Q R S T U V W X Y Z

be|nut|zen *(= benützen)*, du benutzt, er benutzte, sie hat benutzt
be|nüt|zen *(= benutzen)*, du benützt, er benützte, sie hat benützt
das **Ben|zin**
be|ob|ach|ten, du beobachtest, er beobachtete, sie hat beobachtet
die **Be|ob|ach|tung**, die Beobachtungen
be|quem
er **be|rät** → beraten
be|ra|ten, du berätst, er beriet, sie hat beraten
be|reit
be|reu|en, du bereust, er bereute, sie hat bereut
der **Berg**, die Berge
der **Berg|gip|fel**
der **Berg|stei|ger**, die Bergsteiger
die **Berg|stei|ge|rin**, die Bergsteigerinnen
das **Berg|werk**
der **Be|richt**, die Berichte
be|rich|ten, du berichtest, er berichtete, sie hat berichtet
sie **be|riet** → beraten
der **Be|ruf**, die Berufe
be|rufs|tä|tig
be|rühmt: eine berühmte Schauspielerin
die **Be|rühmt|heit**, die Berühmtheiten
er **be|saß** → besitzen
be|schä|di|gen, du beschädigst, er beschädigte, sie hat beschädigt
die **Be|schä|di|gung**, die Beschädigungen
be|schäf|ti|gen, du beschäftigst dich, er beschäftigte sich, sie hat sich beschäftigt
be|schäf|tigt
die **Be|schäf|ti|gung**
be|schei|den
die **Be|sche|rung**
be|schmut|zen, du beschmutzt, er beschmutzte, sie hat beschmutzt
die **Be|schrei|bung**
die **Be|schul|di|gung**
be|schüt|zen, du beschützt, er beschützte, sie hat beschützt
die **Be|schwer|de**
sich **be|schwe|ren**, du beschwerst dich, er beschwerte sich, sie hat sich beschwert
der **Be|sen**, die Besen
be|ses|sen → besitzen

A B C D E F G H I J K L M N O P Q R S T U V W X Y Z

be|sich|ti|gen, du besichtigst, er besichtigte, sie hat besichtigt
die **Be|sich|ti|gung**, die Besichtigungen
be|sit|zen, du besitzt, er besaß, sie hat besessen
be|son|ders
be|sor|gen, du besorgst, er besorgte, sie hat besorgt
be|sorgt: besorgt sein
bes|ser → gut
bes|sern, das Wetter bessert sich, es besserte sich, es hat sich gebessert
die **Bes|se|rung**
be|stä|ti|gen, du bestätigst, er bestätigte, sie hat bestätigt
bes|te: am besten → gut; Sie ist die Beste. Ich gebe mein Bestes.
das **Be|steck**, die Bestecke
be|stel|len, du bestellst, er bestellte, sie hat bestellt
die **Be|stel|lung**, die Bestellungen
be|stim|men, du bestimmst, er bestimmte, sie hat bestimmt
be|stimmt
der **Be|such**, die Besuche
be|su|chen, du besuchst, er besuchte, sie hat besucht
der **Be|su|cher**, die Besucher
die **Be|su|che|rin**, die Besucherinnen
be|ten, du betest, er betete, sie hat gebetet
der **Be|ton**, die Betone *(= Betons)*
be|trach|ten, du betrachtest, er betrachtete, sie hat betrachtet
der **Be|trag**, die Beträge
der **Be|trieb**, die Betriebe
er **be|trog** → betrügen
be|tro|gen → betrügen
der **Be|trug**
be|trü|gen, du betrügst, er betrog, sie hat betrogen
der **Be|trü|ger**, die Betrüger
die **Be|trü|ge|rin**, die Betrügerinnen
das **Bett**, die Betten
die **Bett|de|cke**, die Bettdecken
bet|teln, ich bettle, du bettelst, er bettelte, sie hat gebettelt
beu|gen, du beugst dich, er beugte sich, sie hat sich gebeugt
die **Beu|le**, die Beulen
die **Beu|te**, die Beuten
der **Beu|tel**, die Beutel
die **Be|völ|ke|rung**
be|vor: bevor du gehst

A B C D E F G H I J K L M N O P Q R S T U V W X Y Z

be|we|gen, du bewegst dich, er bewegte sich, sie hat sich bewegt
be|weg|lich
die **Be|we|gung**, die Bewegungen
der **Be|weis**, die Beweise
be|wei|sen, du beweist, er bewies, sie hat bewiesen
er **be|wies** → beweisen
be|wie|sen → beweisen
der **Be|woh|ner**, die Bewohner
die **Be|woh|ne|rin**, die Bewohnerinnen
be|wölkt: ein bewölkter Himmel
die **Be|wöl|kung**
be|wusst
be|wusst|los
be|zah|len, du bezahlst, er bezahlte, sie hat bezahlt
be|zeich|nen, du bezeichnest, er bezeichnete, sie hat bezeichnet
die **Be|zie|hung**, die Beziehungen
der **Be|zirk**, die Bezirke
die **Be|zirks|haupt|frau**, die Bezirkshauptfrauen
der **Be|zirks|haupt|mann**, die Bezirkshauptmänner

bi

die **Bi|bel**, die Bibeln
der **Bi|ber**, die Biber
die **Bi|b|li|o|thek**, die Bibliotheken
der **Bi|b|li|o|the|kar**, die Bibliothekare
die **Bi|b|li|o|the|ka|rin**, die Bibliothekarinnen
bie|gen, du biegst, er bog, sie hat gebogen
die **Bie|gung**, die Biegungen
die **Bie|ne**, die Bienen
das **Bier**, die Biere
der **Bi|ki|ni**, die Bikinis
das **Bild**, die Bilder
bil|den, du bildest, er bildete, sie hat gebildet
das **Bil|der|buch**, die Bilderbücher
der **Bild|schirm**
die **Bil|dung**
bil|lig
ich **bin** → sein
bin|den, du bindest, er band, sie hat gebunden
die **Bir|ke**, die Birken
der **Birn|baum**, die Birnbäume
die **Bir|ne**, die Birnen
bis: bis morgen
bisher
der **Bi|schof**, die Bischöfe
die **Bi|schö|fin**, die Bischöfinnen
die **Bis|kot|te**, die Biskotten
der **Biss**, die Bisse
sie **biss** → beißen
biss|chen: ein bisschen
der **Bis|sen**, die Bissen

bis|sig: ein bissiger Hund
bist → sein
bit|te: Gib mir bitte das Buch!
die **Bit|te**, die Bitten
bit|ten, du bittest, er bat, sie hat gebeten
bit|ter: bittere Mandeln

bl

die **Bla|se**, die Blasen

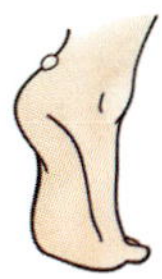

bla|sen, du bläst, er blies, sie hat geblasen
blass
er **bläst** → blasen
das **Blatt**, die Blätter

blät|tern, du blätterst, er blätterte, sie hat geblättert
blau: der blaue Himmel; hellblau; ein blau gestreifter *(= blaugestreifter)* Schal; die Farbe Blau
das **Blech**, die Bleche
das **Blei**; das Bleigießen
blei|ben, du bleibst, er blieb, sie ist geblieben
der **Blei|stift**, die Bleistifte
die **Blei|stift|mi|ne**
blen|den, du blendest ihn, er blendete mich, sie hat ihn geblendet
der **Blick**, die Blicke
bli|cken, du blickst, er blickte, sie hat geblickt
er **blieb** → bleiben
er **blies** → blasen
blind
die **Blind|darm|ent|zün|dung**
der **Blin|de**, die Blinden
die **Blin|de**, die Blinden
blin|ken, es blinkt, es blinkte, es hat geblinkt
der **Blin|ker**, die Blinker
der **Blitz**, die Blitze
blit|zen, es blitzt, es blitzte, es hat geblitzt
blitz|schnell
der **Block**, die Blöcke
blöd: ein blöder Witz
der **Blöd|sinn**
blö|ken, das Schaf blökt, es blökte, es hat geblökt
blond
bloß: bloßfüßig
die **Blue|jeans**
blü|hen, es blüht, es blühte, es hat geblüht
die **Blu|me**, die Blumen
das **Blu|men|beet**
die **Blu|men|va|se**
die **Blu|se**, die Blusen
das **Blut**
die **Blü|te**, die Blüten

A B C D E F G H I J K L M N O P Q R S T U V W X Y Z

blu|ten, du blutest, er blutete, sie hat geblutet
blu|tig

bo

der **Bob**, die Bobs
der **Bock**, die Böcke
bo|ckig
der **Bo|den**, die Böden
er **bog** → biegen
der **Bo|gen**, die Bögen *(= Bogen)*
die **Boh|ne**, die Bohnen
boh|ren, du bohrst, er bohrte, sie hat gebohrt
der **Boh|rer**, die Bohrer
bom|bar|die|ren, du bombardierst, er bombardierte, sie hat bombardiert; die Stadt wurde bombardiert
die **Bom|be**, die Bomben
das **Bon|bon**, die Bonbons
das **Boot**, die Boote; die Bootsfahrt
bor|gen, du borgst, er borgte, sie hat geborgt
die **Bör|se**, die Börsen
die **Bors|te**, die Borsten
bös|ar|tig
bö|se: etwas Böses
Bos|ni|en
der **Bos|ni|er**, die Bosnier
die **Bos|ni|e|rin**, die Bosnierinnen
bos|nisch
der **Bo|te**, die Boten
die **Bo|tin**, die Botinnen
die **Box**, die Boxen
bo|xen, du boxt, er boxte, sie hat geboxt
der **Bo|xer**, die Boxer
die **Bo|xe|rin**, die Boxerinnen

br

sie **brach** → brechen
sie **brach|te** → bringen
der **Brand**, die Brände
er **brann|te** → brennen
bra|ten, du brätst, er briet, sie hat gebraten
der **Bra|ten**, die Braten
die **Brat|pfan|ne**
sie **brät** → braten
die **Brat|wurst**, die Bratwürste
der **Brauch**, die Bräuche
brau|chen, du brauchst, er brauchte, sie hat gebraucht
braun
bräu|nen, du bräunst dich, er bräunte sich, sie hat sich gebräunt
die **Brau|se**, die Brausen
brau|sen, du braust dich, er brauste sich, sie hat sich gebraust
die **Braut**, die Bräute
der **Bräu|ti|gam**, die Bräutigame
das **Braut|kleid**, die Brautkleider
das **Braut|paar**

brav
bra|vo
bre|chen, du brichst, er brach, sie hat gebrochen
Bre|genz
der **Brei**, die Breie
breit
die **Brei|te**
die **Brem|se**, die Bremsen

brem|sen, du bremst, er bremste, sie hat gebremst
die **Brems|spur**
bren|nen, es brennt, es brannte, es hat gebrannt
die **Brenn|nes|sel**, die Brennnesseln
das **Brett**, die Bretter
das **Brett|spiel**
das / die **Bre|zel**, die Brezel(n); knusprige Brezel *(= Brezeln)* essen
er **bricht** → brechen
der **Brief**, die Briefe
der **Brief|kas|ten**
der **Brief|trä|ger**, die Briefträger
die **Brief|trä|ge|rin**, die Briefträgerinnen
sie **briet** → braten
die **Bril|le**, die Brillen
brin|gen, du bringst, er brachte, sie hat gebracht
der **Broc|co|li** *(= Brokkoli)*
der **Bro|cken**, die Brocken
bro|deln, es brodelt, es brodelte, es hat gebrodelt
der **Brok|ko|li** *(= Broccoli)*
die **Brom|bee|re**, die Brombeeren
das **Brö|sel**, die Brösel(n) *(= Bröseln)*
das **Brot**, die Brote
der **Brot|laib**
der **Bruch**, die Brüche
die **Brü|cke**, die Brücken
der **Bru|der**, die Brüder
brül|len, der Löwe brüllt, er brüllte, er hat gebrüllt
brum|men, der Bär brummt, er brummte, er hat gebrummt
der **Brun|nen**, die Brunnen
die **Brust**, die Brüste
bru|tal
die **Bru|ta|li|tät**
brü|ten, die Henne brütet, sie brütete, sie hat gebrütet

bu

der **Bub**, die Buben
das **Buch**, die Bücher
die **Bü|che|rei**, die Büchereien
das **Bü|cher|re|gal**, die Bücherregale
die **Buch|hand|lung**, die Buchhandlungen

die **Bu|che**, die Buchen
die **Büch|se**, die Büchsen

der **Buch|sta|be**,
die Buchstaben
der **Bu|ckel**, die Buckel
sich **bü|cken**, du bückst dich,
er bückte sich,
sie hat sich gebückt
der **Büf|fel**, die Büffel
das **Bü|gel|ei|sen**,
die Bügeleisen
bü|geln, ich bügle,
du bügelst, er bügelte,
sie hat gebügelt
die **Büh|ne**, die Bühnen
Bul|ga|ri|en; bulgarisch
der **Bul|ga|ri|er**, die Bulgarier
die **Bul|ga|ri|e|rin**,
die Bulgarierinnen
bum|meln, ich bummle,
du bummelst, er bummelte,
sie ist / hat gebummelt
das **Bun|des|heer**
die **Bun|des|hym|ne**
das **Bun|des|land**,
die Bundesländer
der **Bun|des|prä|si|dent**,
die Bundespräsidenten
die **Bun|des|prä|si|den|tin**,
die Bundespräsidentinnen

der **Bun|ga|low**, die Bungalows
bunt: ein buntes Tuch
der **Bunt|stift**, die Buntstifte
die **Burg**, die Burgen
das **Bur|gen|land**
der **Bur|ger**, die Burger
der **Bür|ger**, die Bürger
die **Bür|ge|rin**, die Bürgerinnen
der **Bür|ger|meis|ter**,
die Bürgermeister
die **Bür|ger|meis|te|rin**,
die Bürgermeisterinnen
das **Bü|ro**, die Büros
bürs|ten, du bürstest, er
bürstete, sie hat gebürstet
die **Bürs|te**, die Bürsten
der **Bus**, die Busse
der **Busch**, die Büsche
der **Bus|fah|rer**, die Busfahrer
die **Bus|fah|re|rin**,
die Busfahrerinnen
bü|ßen, du büßt, er büßte,
sie hat gebüßt
die **But|ter**; das Butterbrot
der **But|ton**, die Buttons

ca

das **Ca|fé**, die Cafés
cam|pen, du campst, er campte, sie hat gecampt
das **Cam|ping**; der Campingplatz

cd

die **CD** *(die Compact Disk, die Compactdisc)*, die CDs; das CD-Laufwerk
der **CD-Play|er**, die CD-Player
die **CD-ROM**, die CD-ROMs

ce

das **Cel|lo|phan** *(= Zellophan)*
Cel|si|us
das **Cen|ter**, die Center
der **Cent**, die Cents

ch

das **Cha|mä|le|on**, die Chamäleons
der **Cham|pi|g|non**, die Champignons
der **Cham|pi|on**, die Champions
die **Chan|ce**, die Chancen
das **Cha|os**
cha|o|tisch
der **Cha|rak|ter**, die Charaktere
cha|rak|te|ris|tisch
der **Chat**, die Chats
chat|ten, du chattest, er chattete, sie hat gechattet
der **Chauf|feur**, die Chauffeure
die **Chauf|feu|rin**, die Chauffeurinnen
che|cken, du checkst, er checkte, sie hat gecheckt
der **Chef**, die Chefs
die **Che|fin**, die Chefinnen
die **Che|mie**
che|misch
chic *(= schick)*
Chi|na
der **Chi|ne|se**, die Chinesen
die **Chi|ne|sin**, die Chinesinnen
chi|ne|sisch
der **Chip**, die Chips
der **Chi|rurg**, die Chirurgen
die **Chi|rur|gin**, die Chirurginnen
der **Chor**, die Chöre
der **Christ**, die Christen; das Christkind
der **Christ|baum**, die Christbäume
die **Chris|tin**, die Christinnen
Chris|tus
die **Chro|nik**, die Chroniken

ci

cir|ca *(= zirka)*
die **Ci|ty**, die Citys

cl

cle|ver
der **Clown**, die Clowns
die **Clow|nin**, die Clowninnen
der **Club** *(= Klub)*, die Clubs

A B C D E F G H I J K L M N O P Q R S T U V W X Y Z

co

der **Code**, die Codes
das **Co|la**, die Cola *(= Colas)*, Coca-Cola
der / das **Co|mic**, die Comics
der **Com|pu|ter**, die Computer
der **Con|tai|ner**, die Container
der / das **Coo|kie**, die Cookies
cool
die **Corn|flakes** *(Mz.)*
die **Couch**, die Couchen
der **Cou|sin**, die Cousins
die **Cou|si|ne** *(= Kusine)*, die Cousinen
der **Cow|boy**, die Cowboys
das **Cow|girl**, die Cowgirls

cr

die **Cre|me** *(= Krem, Kreme)*, die Cremen
das **Crois|sant**, die Croissants

cu

der **Cur|sor**, die Cursor

da

da
da|bei
das **Dach**, die Dächer
die **Dach|rin|ne**, die Dachrinnen
der **Dachs**, die Dachse
sie **dach|te** → denken
der **Da|ckel**, die Dackel
da|durch
da|für
da|ge|gen
da|heim
da|her
da|hin|ter
da|mals
die **Da|me**, die Damen
da|mit
däm|lich
der **Damm**, die Dämme
däm|mern, es dämmert, es dämmerte, es hat gedämmert; dämm(e)rig
die **Däm|me|rung**
der **Dampf**, die Dämpfe
das **Dampf|bad**, die Dampfbäder
damp|fen, es dampft, es dampfte, es hat gedampft
der **Damp|fer**, die Dampfer
da|nach
da|ne|ben
Dä|ne|mark
der **Dä|ne**, die Dänen
die **Dä|nin**, die Däninnen
dä|nisch

der **Dank**: vielen Dank
dank|bar: dankbar sein
die **Dank|bar|keit**
dan|ken, du dankst ihr, er dankte uns, sie hat ihm gedankt
dann
da|r|an
da|r|auf
da|r|auf|hin
da|r|aus
er **darf** → dürfen
da|r|in
der **Darm**, die Därme
dar|stel|len, du stellst ihn dar, er stellte sie dar, sie hat ihn dargestellt
die **Dar|stel|lung**, die Darstellungen
da|r|ü|ber
da|r|un|ter
das: das Auto
dass: Ich hoffe, dass er mir schreibt.
das|sel|be: ein und dasselbe
die **Da|tei**, die Dateien
die **Da|ten** *(Mz.)*
das **Da|tum**, die Daten
die **Dau|er**
dau|ern, es dauert, es dauerte, es hat gedauert
dau|ernd: dauernder Lärm
der **Dau|men**, die Daumen
da|vor
da|zu
da|zwi|schen

de

die **De|cke**, die Decken

der **De|ckel**, die Deckel
de|cken, du deckst, er deckte, sie hat gedeckt
dehn|bar
deh|nen, du dehnst, er dehnte, sie hat gedehnt
dein: dein Bruder; deine Schwester; deine Eltern
dei|net|we|gen
das **De|ka|gramm**, die Dekagramme: zehn Dekagramm *(= Deka)* Wurst
die **Del|le**, die Dellen
der **Del|fin** *(= Delphin)*, die Delfine
der **Del|phin** *(= Delfin)*, die Delphine
dem: unter dem Tisch
dem|nächst
die **De|mo|k|ra|tie**, die Demokratien
de|mo|k|ra|tisch
den: den Lehrer grüßen
den|ken, du denkst, er dachte, sie hat gedacht

A B C D E F G H I J K L M N O P Q R S T U V W X Y Z

das **Denk|mal**, die Denkmäler
denn: wieso denn?
der: der Zahn
der|sel|be: ein und derselbe
des: der Schuh des Kindes
des|halb
der **Desk|top**, die Desktops
des|sen: das Kind, dessen Ball blau ist
das **Des|sert**, die Desserts
der **De|tek|tiv**, die Detektive
die **De|tek|ti|vin**, die Detektivinnen
deut|lich: deutlich sprechen
deutsch: die deutsche Sprache; auf Deutsch
Deutsch|land
der **Deut|sche**, die Deutschen
die **Deut|sche**, die Deutschen
der **De|zem|ber**

di

der **Di|a|lekt**, die Dialekte
der **Di|a|mant**, die Diamanten
die **Di|ät**, die Diäten
dich: Ich besuche dich. (In Briefen: dich / Dich)
dicht
dich|ten, du dichtest, er dichtete, sie hat gedichtet
der **Dich|ter**, die Dichter
die **Dich|te|rin**, die Dichterinnen
die **Dich|tung**, die Dichtungen
dick
die: die Maus
der **Dieb**, die Diebe
die **Die|bin**, die Diebinnen
der **Dieb|stahl**, die Diebstähle
die|nen, du dienst, er diente, sie hat gedient
der **Dienst**, die Dienste
der **Diens|tag**, die Dienstage; am Dienstagabend
diens|tags
die|se: diese Pizza; dieser Mann; dieses Spiel
die|sel|be: ein und dieselbe
das **Dik|tat**, die Diktate
dik|tie|ren, du diktierst, er diktierte, sie hat diktiert
das **Ding**, die Dinge
der **Di|no|sau|ri|er**, die Dinosaurier
dir: Wie geht es dir? (In Briefen: Ich schreibe dir / Dir ...); dir Glück wünschen
di|rekt: die direkte Rede
di|ri|gie|ren, du dirigierst, er dirigierte, sie hat dirigiert
die **Di|rek|ti|on**, die Direktionen
der **Di|rek|tor**, die Direktoren
die **Di|rek|to|rin**, die Direktorinnen
das **Dirndl**, die Dirndln
die **Dis|co** *(= Disko)*, die Discos
die **Dis|ket|te**, die Disketten
die **Dis|ko** *(= Disco)*, die Diskos
die **Dis|ko|thek**, die Diskotheken

die **Dis|kus|sion**, die Diskussionen
dis|ku|tie|ren, du diskutierst, er diskutierte, sie hat diskutiert
das **Dis|play**, die Displays
die **Dis|tanz**; distanzieren
die **Dis|tel**, die Disteln
di|vi|die|ren, du dividierst, er dividierte, sie hat dividiert
die **Di|vi|si|on**, die Divisionen

do

doch
der **Docht**, die Dochte
der **Dok|tor**, die Doktoren
die **Dok|to|rin**, die Doktorinnen
das **Do|ku|ment**, die Dokumente
der **Dom**, die Dome
das **Do|mi|no**; das Dominospiel
der **Don|ner**, die Donner
don|nern, es donnert, es donnerte, es hat gedonnert
der **Don|ners|tag**, die Donnerstage; am Donnerstagabend
don|ners|tags
der **Do|nut**, die Donuts
das **Do|ping**
dop|pelt: doppelt so viel
das **Dorf**, die Dörfer
der **Dorn**, die Dornen
dort
dort|hin
die **Do|se**, die Dosen; der Dosenöffner
der / das **Dot|ter**, die Dotter

dr

der **Dra|che**, die Drachen *(Fabeltier)*

der **Dra|chen**, die Drachen *(Papierdrachen)*
der **Draht**, die Drähte
drän|gen, du drängst, er drängte, sie hat gedrängt
die **Drän|ge|rei**, die Drängereien
drau|ßen
dre|hen, du drehst, er drehte, sie hat gedreht
die **Dre|hung**, die Drehungen
drei
das **Drei|eck**, die Dreiecke
der **Drei|er**, die Dreier
drei|hun|dert
drei|mal
drei|ßig
drei|zehn
dre|schen, du drisch(s)t, er drosch, sie hat gedroschen
dres|sie|ren, du dressierst, er dressierte, sie hat dressiert; die Dressur
drin|gend
drin|nen
er **drischt** → dreschen

A B C D E F G H I J K L M N O P Q R S T U V W X Y Z

A B C D E F G H I J K L M N O P Q R S T U V W X Y Z

drit|te: der Dritte, die Dritte; der dritte Teil
das **Drit|tel**, die Drittel
die **Dro|ge**, die Drogen
dro|hen, du drohst, er drohte, sie hat gedroht
dröh|nen, der Lkw dröhnt, er dröhnte, er hat gedröhnt
die **Dro|hung**, die Drohungen
sie **drosch** → dreschen
die **Dros|sel**, die Drosseln
drü|ben
der **Druck**, die Drucke
dru|cken, du druckst, er druckte, sie hat gedruckt
drü|cken, du drückst, er drückte, sie hat gedrückt
der **Dru|cker**, die Drucker
die **Dru|cke|rei**, die Druckereien

ds

der **Dschun|gel**, die Dschungel

du

du: Was willst du? (In Briefen: du / Du)
der **Dü|bel**, die Dübel
der **Duft**, die Düfte
duf|ten, du duftest, er duftete, sie hat geduftet
dul|den, du duldest, er duldete, sie hat geduldet
dumm, dümmer, am dümmsten: ein dummer Streich
düm|mer → dumm
die **Dumm|heit**, die Dummheiten
dün|gen, du düngst, er düngte, sie hat gedüngt
der **Dün|ger**, die Dünger
dun|kel
dun|kel|braun
die **Dun|kel|heit**
dünn
durch
durch|ei|n|an|der
das **Durch|ei|n|an|der**
der **Durch|fall**
der **Durch|gang**, die Durchgänge
der **Durch|schnitt**
durch|schnitt|lich
durch|set|zen, du setzt deinen Willen durch, er setzte durch, sie hat durchgesetzt
dür|fen, du darfst, er durfte, sie hat dürfen
er **durf|te** → dürfen
dürr: ein dürrer Ast
die **Dür|re**
der **Durst**
durs|tig: durstig sein
die **Du|sche**, die Duschen
du|schen, du dusch(s)t, er duschte, sie hat geduscht
düs|ter: ein düsterer Keller
das **Dut|zend**, die Dutzende

dv

die **DVD** *(Digital Versatile Disc)*, die DVDs
der **DVD|-Pla|yer**, die DVD-Player

eb

eben
die **Ebe|ne**
eben|falls
eben|so
der **Eber**, die Eber

ec

das **Echo**, die Echos
die **Ech|se**, die Echsen
echt: echter Schmuck
das **Eck** *(= Ecke)*, die Ecken
die **Ecke** *(= Eck)*, die Ecken
eckig
der **Eck|zahn**, die Eckzähne

ed

das **Edel|weiß**

eg

egal
ego|is|tisch

eh

die **Ehe**, die Ehen
das **Ehe|paar**
die **Eh|re**; jemanden ehren
ehr|gei|zig
ehr|lich
die **Ehr|lich|keit**

ei

das **Ei**, die Eier; das Eiweiß
die **Ei|che**, die Eichen

A B C D E F G H I J K L M N O P Q R S T U V W X Y Z

das **Eich|hörn|chen**, die Eichhörnchen
das **Eich|kätz|chen**, die Eichkätzchen
die **Ei|dech|se**, die Eidechsen
der **Ei|fer**
die **Ei|fer|sucht**
ei|fer|süch|tig
eif|rig
ei|gen: ein eigenes Haus
ei|gen|ar|tig
die **Ei|gen|schaft**, die Eigenschaften
das **Ei|gen|schafts|wort**, die Eigenschaftswörter
ei|gen|sin|nig
ei|gent|lich
das **Ei|gen|tum**; die Eigentümer
die **Ei|le**
ei|lig
der **Ei|mer**, die Eimer
ein: ein Kind
ei|n|an|der
die **Ein|bahn**, die Einbahnen; die Einbahnstraße
der **Ein|band**, die Einbände
ein|bie|gen, du biegst ein, er bog ein, sie ist eingebogen
der **Ein|bre|cher**, die Einbrecher
die **Ein|bre|che|rin**, die Einbrecherinnen
der **Ein|bruch**, die Einbrüche
der **Ein|druck**, die Eindrücke

ein|fach
ein|fä|deln, ich fädle ein, du fädelst ein, er fädelte ein, sie hat eingefädelt
der **Ein|fall**, die Einfälle
ein|far|big *(= einfärbig)*
der **Ein|fluss**, die Einflüsse
der **Ein|gang**, die Eingänge
ein|hei|misch: einheimisches Obst
ein|hun|dert
ei|ni|ge: einige Tage
ein|jäh|rig
der **Ein|kauf**, die Einkäufe
ein|kau|fen, du kaufst ein, er kaufte ein, sie hat eingekauft
ein|la|den, du ladest *(= lädst)* ein, er lud ein, sie hat eingeladen
die **Ein|la|dung**, die Einladungen
ein|mal
das **Ein|mal|eins**
ein|ord|nen, du ordnest ein, er ordnete ein, sie hat eingeordnet
ein|pa|cken, du packst ein, er packte ein, sie hat eingepackt
ein|räu|men, du räumst ein, er räumte ein, sie hat eingeräumt

ein|ren|ken, du renkst ein, er renkte ein, sie hat eingerenkt
eins
ein|sam
die Ein|sam|keit
der Ein|ser
ein|stei|gen, du steigst ein, er stieg ein, sie ist eingestiegen
der Ein|tritt
die Ein|tritts|kar|te
ein|wer|fen, du wirfst ein, er warf ein, sie hat eingeworfen
der Ein|woh|ner, die Einwohner
die Ein|woh|ne|rin, die Einwohnerinnen
die Ein|zahl
ein|zeln
ein|zig: der einzige Besucher; der / die / das Einzige
ein|zig|ar|tig
das Eis, der Eiszapfen
das Ei|sen, die Eisen; die Eisenbahn, die Eisenbahnen; die Eisenbahnfahrt
Ei|sen|stadt
ei|sern
das Eis|ho|ckey
ei|sig: eisig kalt
eis|lau|fen, du läufst eis, er lief eis, sie ist eisgelaufen
der Eis|sa|lon, die Eissalons
der Eis|zap|fen, die Eiszapfen
ei|tel
die Ei|tel|keit, die Eitelkeiten
der Ei|ter
ei|tern

ek

das Ek|zem, die Ekzeme

el

der Ele|fant, die Elefanten
ele|gant
der Elek|t|ri|ker, die Elektriker
die Elek|t|ri|ke|rin, die Elektrikerinnen
elek|t|risch
elf
der El|fer
elf|mal
der Ell|bo|gen *(= Ellenbogen)*, die Ellbogen
der El|len|bo|gen *(= Ellbogen)*, die Ellenbogen
die El|tern *(Mz.)*
der El|tern|sprech|tag

em

das / die E-Mail, die E-Mails; die E-Mail-Adresse
der Emp|fang, die Empfänge

A B C D E F G H I J K L M N O P Q R S T U V W X Y Z

emp|fan|gen, du empfängst, er empfing, sie hat empfangen
der **Emp|fän|ger**, die Empfänger
die **Emp|fän|ge|rin**, die Empfängerinnen
er **emp|fängt** → empfangen
sie **emp|fing** → empfangen

en

das **En|de**, die Enden
end|gül|tig
end|lich
die **Ener|gie**, die Energien
ener|gisch
eng
die **En|ge**
der **En|gel**, die Engel
Eng|land
der **Eng|län|der**, die Engländer
die **Eng|län|de|rin|nen**, die Engländerinnen
eng|lisch: englischer Tee; die englische Sprache
der **En|kel**, die Enkel
die **En|ke|lin**, die Enkelinnen
das **En|kel|kind**
ent|de|cken, du entdeckst, er entdeckte, sie hat entdeckt
der **Ent|de|cker**, die Entdecker
die **Ent|de|cke|rin**, die Entdeckerinnen
die **Ent|de|ckung**, die Entdeckungen; die Entdeckungsreise
die **En|te**, die Enten
ent|fer|nen, du entfernst dich, er entfernte sich, sie hat sich entfernt
die **Ent|fer|nung**, die Entfernungen
ent|ge|gen
ent|ge|gnen, du entgegnest, er entgegnete, sie hat entgegnet
ent|glei|sen, ein Zug entgleist, er entgleiste, er ist entgleist
es **ent|hält** → enthalten
ent|hal|ten, es enthält, es enthielt, es hat enthalten
sie **ent|kam** → entkommen
es **ent|hielt** → enthalten
ent|kom|men, du entkommst, er entkam, sie ist entkommen
ent|lang: am Ufer entlang
ent|schei|den, du entscheidest, er entschied, sie hat entschieden
die **Ent|schei|dung**, die Entscheidungen
er **ent|schied** → entscheiden
ent|schie|den → entscheiden

sich **ent|schlie|ßen**,
du entschließt dich,
er entschloss sich,
sie hat sich entschlossen
sie **ent|schloss** → entschließen
ent|schlos|sen →
entschließen
der **Ent|schluss**, die Entschlüsse
ent|schul|di|gen,
du entschuldigst dich,
er entschuldigte sich,
sie hat sich entschuldigt
die **Ent|schul|di|gung**,
die Entschuldigungen
ent|setz|lich
ent|setzt
ent|span|nen,
du entspannst dich,
er entspannte sich,
sie hat sich entspannt
ent|spannt: Sie ist
entspannt.
es **ent|stand** → entstehen
ent|stan|den → entstehen
ent|ste|hen, es entsteht, es
entstand, es ist entstanden
ent|täu|schen, du
enttäusch(s)t ihn,
er enttäuschte mich,
sie hat ihn enttäuscht
ent|täuscht: Ich bin
enttäuscht von dir.
die **Ent|täu|schung**,
die Enttäuschungen
ent|we|der ... oder
ent|wi|ckeln,
du entwickelst,
er entwickelte,
sie hat entwickelt
die **Ent|wick|lung**,
die Entwicklungen
der **En|zi|an**

er

er: er geht
der **Er|be**, die Erben;
die Erbschaft
er|ben, du erbst, er erbte,
sie hat geerbt
die **Er|bin**, die Erbinnen
er|bli|cken, du erblickst,
er erblickte, sie hat erblickt
die **Erb|se**, die Erbsen
der **Erd|ap|fel**, die Erdäpfel
die **Erd|bee|re**, die Erdbeeren
das **Erd|be|ben**
die **Er|de**
das **Erd|ge|schoß**
(= Erdgeschoss),
die Erdgeschoße
(= Ergeschosse)
sich **er|eig|nen**, es ereignet sich,
es ereignete sich,
es hat sich ereignet
das **Er|eig|nis**, die Ereignisse
er|fah|ren, du erfährst,
er erfuhr, sie hat erfahren
die **Er|fah|rung**,
die Erfahrungen
sie **er|fährt** → erfahren

A B C D E F G H I J K L M N O P Q R S T U V W X Y Z

er **er|fand** → erfinden
er|fin|den, du erfindest, er erfand, sie hat erfunden
der **Er|fin|der**, die Erfinder
die **Er|fin|de|rin|nen**, die Erfinderinnen
die **Er|fin|dung**, die Erfindungen
der **Er|folg**, die Erfolge
er|folg|reich
sich **er|fri|schen**, du erfrischst dich, er erfrischte sich, sie hat sich erfrischt; die Erfrischung
er **er|fuhr** → erfahren
er|fun|den → erfinden
er|gän|zen, du ergänzt, er ergänzte, sie hat ergänzt
die **Er|gän|zung**, die Ergänzungen
das **Er|geb|nis**, die Ergebnisse
er **er|hält** → erhalten
er|hal|ten, du erhältst, er erhielt, sie hat erhalten
sie **er|hielt** → erhalten
er|hit|zen, du erhitzt, er erhitzte, sie hat erhitzt
sich **er|ho|len**, du erholst dich, er erholte sich, sie hat sich erholt
die **Er|ho|lung**
er|in|nern, du erinnerst dich, er erinnerte sich, sie hat sich erinnert
die **Er|in|ne|rung**, die Erinnerungen
sich **er|käl|ten**, du erkältest dich, er erkältete sich, sie hat sich erkältet
die **Er|käl|tung**, die Erkältungen
er|kannt → erkennen
er **er|kann|te** → erkennen
er|ken|nen, du erkennst, er erkannte, sie hat erkannt
er|klä|ren, du erklärst, er erklärte, sie hat erklärt
die **Er|klä|rung**, die Erklärungen
sich **er|kun|di|gen**, du erkundigst dich, er erkundigte sich, sie hat sich erkundigt
er|lau|ben, du erlaubst, er erlaubte, sie hat erlaubt
die **Er|laub|nis**
er|le|ben, du erlebst, er erlebte, sie hat erlebt
das **Er|leb|nis**, die Erlebnisse
er|le|di|gen, du erledigst, er erledigte, sie hat erledigt
die **Er|le|di|gung**, die Erledigungen
er|leich|tern, du erleichterst, er erleichterte, sie hat erleichtert; die Erleichterung
er|leuch|tet
er|mah|nen, du ermahnst, er ermahnte, sie hat ermahnt

die **Er|mah|nung**, die Ermahnungen
er|mä|ßigt
die **Er|mä|ßi|gung**, die Ermäßigungen
er|näh|ren, du ernährst dich gesund, er ernährte sich, sie hat sich ernährt
die **Er|näh|rung**
ernst
der **Ernst**: im Ernst
die **Ern|te**, das Erntedankfest
ern|ten, du erntest, er erntete, sie hat geerntet
er|o|bern, du eroberst, er eroberte, sie hat erobert; die Eroberung
er|pres|sen, du erpresst, er erpresste, sie hat erpresst; die Erpressung
er|ra|ten, du errätst, er erriet, sie hat erraten
sie **er|rät** → erraten
er|rei|chen, du erreichst, er erreichte, sie hat erreicht
er **er|riet** → erraten
er|schöpft
die **Er|schöp|fung**
sie **er|schrak** → erschrecken
er|schre|cken, du erschrickst, er erschrak, sie ist erschrocken
er|schre|cken, du erschreckst ihn, er erschreckte sie, wir haben ihn erschreckt
er|schro|cken → erschrecken
er|staunt: erstaunt sein
ers|te: das erste Mal; die Erste in der Klasse; die Erste Hilfe
er|wach|sen
der **Er|wach|se|ne**, die Erwachsenen
die **Er|wach|se|ne**, die Erwachsenen
er|war|ten, du erwartest, er erwartete, sie hat erwartet
die **Er|war|tung**, die Erwartungen
er|wi|dern, du erwiderst, er erwiderte, sie hat erwidert
er|zäh|len, du erzählst, er erzählte, sie hat erzählt
die **Er|zäh|lung**, die Erzählungen
er|zeu|gen, du erzeugst, er erzeugte, sie hat erzeugt; die Erzeugung
er|zie|hen, du erziehst, er erzog, sie hat erzogen
die **Er|zie|hung**
sie **er|zog** → erziehen
er|zo|gen → erziehen

A B C D E F G H I J K L M N O P Q R S T U V W X Y Z

es

es: es regnet
die **Esche**, die Eschen
der **Esel**, die Esel
der **Es|ki|mo**, die Eskimos
die **Es|ki|mo|frau**, die Eskimofrauen
ess|bar: essbare Pflanzen
das **Ess|be|steck**
es|sen, du isst, er aß, sie hat gegessen
das **Es|sen**
der **Es|sig**; die Essiggurke

et

die **Eta|ge**, die Etagen
das **Eti|kett**, die Etiketten
das **Etui**, die Etuis
et|wa
et|was: etwas suchen; etwas Neues

eu

euch: Ich danke euch. (In Briefen: euch / Euch)
euer: euer Pferd, euer Hund, eure Katze, eure Tiere (In Briefen: Danke für eure / Eure Glückwünsche!)
die **Eu|le**, die Eulen
der **Eu|ro**, die Euros
Eu|ro|pa
der **Eu|ro|pä|er**, die Europäer
die **Eu|ro|pä|e|rin**, die Europäerinnen
eu|ro|pä|isch: die Europäische Union (EU); europäische Länder
das **Eu|ter**, die Euter

ev

evan|ge|lisch

ew

ewig: das ewige Eis
die **Ewig|keit**

ex

die **Exis|tenz**, die Existenzen
exo|tisch: exotische Früchte
das **Ex|pe|ri|ment**, die Experimente
der **Ex|per|te**, die Experten
die **Ex|per|tin**, die Expertinnen
ex|plo|die|ren, es explodiert, es explodierte, es ist explodiert
die **Ex|plo|si|on**, die Explosionen
ex|t|ra: etwas extra haben wollen
ex|t|rem

fa

die **Fa|bel**, die Fabeln
die **Fa|b|rik**, die Fabriken
das **Fach**, die Fächer
der **Fä|cher**, die Fächer
die **Fa|ckel**, die Fackeln
fad: ein fader Film
der **Fa|den**, die Fäden
die **Fah|ne**, die Fahnen
die **Fäh|re**, die Fähren
fah|ren, du fährst, er fuhr, sie ist gefahren
die **Fahr|bahn**, die Fahrbahnen
der **Fah|rer**, die Fahrer
die **Fah|re|rin**, die Fahrerinnen
der **Fahr|gast**, die Fahrgäste
die **Fahr|kar|te**, die Fahrkarten
der **Fahr|leh|rer**, die Fahrlehrer
die **Fahr|leh|re|rin**, die Fahrlehrerinnen
der **Fahr|plan**, die Fahrpläne
das **Fahr|rad**, die Fahrräder; Fahrrad fahren
der **Fahr|schein**, die Fahrscheine
die **Fahr|schu|le**, die Fahrschulen
sie **fährt** → fahren
die **Fahrt**, die Fahrten
die **Fähr|te**, die Fährten
das **Fahr|zeug**, die Fahrzeuge
fair: ein faires Spiel
der **Fal|ke**, die Falken
der **Fall**, die Fälle
fal|len, du fällst, er fiel, sie ist gefallen
fäl|len, du fällst einen Baum, er fällte, sie hat gefällt
er **fällt** → fallen / fällen
falsch: eine falsche Adresse
die **Fal|te**, die Falten
fal|ten, du faltest, er faltete, sie hat gefaltet
die **Fa|mi|lie**, die Familien
der **Fa|mi|li|en|na|me**
der **Fan**, die Fans
der **Fan|club** *(= Fanklub)*, die Fanclubs
sie **fand** → finden
fan|gen, du fängst, er fing, sie hat gefangen
er **fängt** → fangen
der **Fan|klub** *(= Fanclub)*, die Fanklubs
die **Fan|ta|sie** *(= Phantasie)*, die Fantasien
fan|ta|sie|ren *(= phantasieren)*, du fantasierst, er fantasierte, sie hat fantasiert
fan|ta|sie|voll *(= phantasievoll)*
die **Far|be**, die Farben
fär|ben, du färbst Eier, er färbte, sie hat gefärbt
fär|big *(= farbig)*
der **Farb|stift**, die Farbstifte

der **Fa|sching**
das **Fa|schings|kos|tüm**
das **Fass**, die Fässer
fas|sen, du fasst, er fasste, sie hat gefasst
fast
fas|ten, du fastest, er fastete, sie hat gefastet
die **Fas|ten|zeit**
das **Fast| Food** *(= Fastfood)*
die **Fa|ta Mor|ga|na**
faul: ein fauler Apfel
fau|len, das Obst fault, es faulte, es hat / ist gefault
fau|len|zen, du faulenzt, er faulenzte, sie hat gefaulenzt
die **Faul|heit**
die **Faust**, die Fäuste
der **Fäust|ling**, die Fäustlinge
das **Fax**, die Fax *(= Faxe)*
fa|xen, du faxt, er faxte, sie hat gefaxt

fe

der **Fe|b|ru|ar**
die **Fe|der**, die Federn

der **Fe|der|ball**, die Federbälle
fe|der|leicht
das **Fe|der|pen|nal**
die **Fe|der|schach|tel**, die Federschachteln
die **Fee**, die Feen
feh|len, du fehlst, er fehlte, sie hat gefehlt
der **Feh|ler**, die Fehler
feh|ler|los
die **Fei|er**, die Feiern
fei|ern, du feierst, er feierte, sie hat gefeiert
der **Fei|er|tag**, die Feiertage
feig: ein feiger Mensch
die **Fei|ge**, die Feigen
die **Feig|heit**
die **Fei|le**, die Feilen
fei|len, du feilst deine Nägel, er feilte, sie hat gefeilt
fein
der **Feind**, die Feinde
die **Fein|din**, die Feindinnen
feind|lich
die **Feind|schaft**, die Feindschaften
das **Feld**, die Felder
das **Fell**, die Felle
der **Fels** *(= Felsen)*, die Felsen
fel|sig
das **Fens|ter**, die Fenster
das **Fens|ter|brett**, die Fensterbretter
die **Fe|ri|en** *(Mz.)*
das **Fer|kel**, die Ferkel
fern
die **Fern|be|die|nung**
die **Fer|ne**
das **Fern|glas**, die Ferngläser
das **Fern|rohr**, die Fernrohre

fern|se|hen, du siehst fern, er sah fern, sie hat ferngesehen
das **Fern|se|hen**; im Fernsehen
der **Fern|se|her**
das **Fern|seh|pro|gramm**
der **Fern|seh|sen|der**, die Fernsehsender
die **Fern|steu|e|rung**, die Fernsteuerungen
die **Fer|se**, die Fersen
fer|tig: fertig sein
fes|seln, ich fessle, du fesselst, er fesselte, sie hat gefesselt
fest
das **Fest**, die Feste
fest|hal|ten, du hältst (dich) fest, er hielt (sich) fest, sie hat (sich) festgehalten
fest|lich
fett
das **Fett**, die Fette
feucht: ein feuchtes Tuch
die **Feuch|tig|keit**
das **Feu|er**, die Feuer; das Feuerwerk
die **Feu|er|wehr**, die Feuerwehren
das **Feu|er|zeug**, die Feuerzeuge

fi

die **Fi|bel**, die Fibeln
die **Fich|te**, die Fichten
das **Fie|ber**
das **Fie|ber|ther|mo|me|ter**
er **fiel** → fallen
die **Fi|gur**, die Figuren
der **Film**, die Filme; der Filmstar
fil|men, du filmst, er filmte, sie hat gefilmt
der **Fil|ter**, die Filter
der **Filz|stift**, die Filzstifte
fin|den, du findest, er fand, sie hat gefunden
er **fing** → fangen
der **Fin|ger**, die Finger
der **Fink**, die Finken
Finn|land
der **Fin|ne**, die Finnen
die **Fin|nin**, die Finninnen
fins|ter: ein finsterer Blick
die **Fins|ter|nis**
die **Fir|ma**, die Firmen
der **Fisch**, die Fische
fi|schen, du fisch(s)t, er fischte, sie hat gefischt
die **Fi|so|le**, die Fisolen
fit
die **Fit|ness**, das Fitnesscenter, das Fitnessstudio

fl

flach
die **Flä|che**, die Flächen
fla|ckern, es flackert, es flackerte, es hat geflackert
die **Flag|ge**, die Flaggen
die **Flam|me**, die Flammen

die **Fla|sche**, die Flaschen
flat|tern, es flattert, es flatterte, es hat geflattert
flau|schig
flech|ten, du flichtst *(= flechtest)*, er flocht, sie hat geflochten
der **Fleck**, die Flecken
das **Fle|ckerl**, die Fleckerl(n)
fle|ckig
die **Fle|der|maus**, die Fledermäuse
das **Fleisch**
der **Fleisch|hau|er**, die Fleischhauer
die **Fleisch|hau|e|rin**, die Fleischhauerinnen
der **Fleiß**
flei|ßig
er **flicht** *(= flechtet)* → flechten
der **Flie|der**, die Flieder
die **Flie|ge**, die Fliegen
flie|gen, du fliegst, er flog, sie ist geflogen
flie|hen, du fliehst, er floh, sie ist geflohen
die **Flie|se**, die Fliesen
flie|ßen, es fließt, es floss, es ist geflossen
flink
flit|zen, du flitzt, er flitzte, sie ist geflitzt
sie **flocht** → flechten
die **Flo|cke**, die Flocken
sie **flog** → fliegen
er **floh** → fliehen
der **Floh**, die Flöhe
es **floss** → fließen
das **Floß**, die Floße
die **Flos|se**, die Flossen
die **Flö|te**, die Flöten
flott
der **Fluch**, die Flüche
die **Flucht**
flüch|ten, du flüchtest, er flüchtete, sie ist geflüchtet
der **Flücht|ling**, die Flüchtlinge
der **Flug**, die Flüge
der **Flü|gel**, die Flügel

der **Flug|ha|fen**, die Flughäfen
das **Flug|zeug**, die Flugzeuge
der **Fluss**, die Flüsse
fluss|ab|wärts
fluss|auf|wärts
flüs|sig
die **Flüs|sig|keit**, die Flüssigkeiten
flüs|tern, du flüsterst, er flüsterte, sie hat geflüstert

fo

das **Foh|len**, die Fohlen
der **Föhn**; der Haarföhn
föh|nen, du föhnst, er föhnte, sie hat geföhnt
die **Föh|re**, die Föhren

die **Fol|ge**, die Folgen
fol|gen, du folgst, er folgte, sie hat / ist gefolgt
folg|sam
die **Fo|lie**, die Folien
for|dern, du forderst, er forderte, sie hat gefordert
för|dern, du förderst, er förderte, sie hat gefördert
die **For|de|rung**, die Forderungen
die **Fo|rel|le**, die Forellen
die **Form**, die Formen
for|men, du formst, er formte, sie hat geformt
das **For|mu|lar**, die Formulare
for|mu|lie|ren, du formulierst, er formulierte, sie hat formuliert
for|schen, du forsch(s)t, er forschte, sie hat geforscht
der **For|scher**, die Forscher
die **For|sche|rin**, die Forscherinnen
die **For|schung**, die Forschungen
der **Förs|ter**, die Förster
die **Förs|te|rin**, die Försterinnen
fort
fort|set|zen, du setzt fort, er setzte fort, sie hat fortgesetzt
die **Fort|set|zung**, die Fortsetzungen
das **Fo|to**, die Fotos
das **Fo|to|al|bum**
der **Fo|to|graf** *(= Photograph)*, die Fotografen
die **Fo|to|gra|fie** *(= Photographie)*, die Fotografien
fo|to|gra|fie|ren *(= photographieren)*, du fotografierst, er fotografierte, sie hat fotografiert
die **Fo|to|gra|fin** *(= Photographin)*, die Fotografinnen
das **Foul**, die Fouls

fr

die **Fra|ge**, die Fragen
fra|gen, du fragst, er fragte, sie hat gefragt
das **Fra|ge|zei|chen**
Frank|reich
der **Fran|zo|se**, die Franzosen
die **Fran|zö|sin**, die Französinnen
fran|zö|sisch: französischer Käse
sie **fraß** → fressen
die **Frau**, die Frauen
das **Fräu|lein**, die Fräulein
frech
die **Frech|heit**, die Frechheiten
frei: im Freien
die **Frei|heit**, die Freiheiten

A B C D E F G H I J K L M N O P Q R S T U V W X Y Z

A B C D E F G H I J K L M N O P Q R S T U V W X Y Z

der **Frei|tag**, die Freitage;
am Freitagabend
frei|tags
frei|wil|lig
die **Frei|zeit**
fremd: ein fremdes Land
der **Frem|de**, die Fremden
die **Frem|de**, die Fremden
die **Frem|den|feind|lich|keit**
die **Fremd|spra|che**, die Fremdsprachen
das **Fremd|wort**, die Fremdwörter
fres|sen, du frisst, er fraß, sie hat gefressen
der **Fress|napf**
die **Freu|de**, die Freuden
sich **freu|en**, du freust dich, er freute sich, sie hat sich gefreut
der **Freund**, die Freunde
die **Freun|din**, die Freundinnen
freund|lich
die **Freund|lich|keit**
die **Freund|schaft**, die Freundschaften
freund|schaft|lich
der **Frie|de** *(= Frieden)*
der **Fried|hof**, die Friedhöfe
fried|lich
frie|ren, du frierst, er fror, sie hat gefroren
frisch: frische Fische
der **Fri|seur** *(= Frisör)*, die Friseure
die **Fri|seu|rin** *(= Frisörin)*, die Friseurinnen
fri|sie|ren, du frisierst dich, er frisierte sich, sie hat sich frisiert
der **Fri|sör** *(= Friseur)*, die Frisöre
die **Fri|sö|rin** *(= Friseurin)*, die Frisörinnen
sie **frisst** → fressen
frist|los
die **Fri|sur**, die Frisuren
die **Frit|ta|te**, die Frittaten;
die Frittatensuppe
froh: Frohes Fest!
fröh|lich
fromm, frömmer *(= frommer)*, am frömmsten *(= am frommsten)*
sie **fror** → frieren
der **Frosch**, die Frösche
der **Frost**
fros|tig
die **Frucht**, die Früchte
früh: in der Früh, heute Früh; früher
die **Früh**
das **Früh|jahr**
der **Früh|ling**
das **Früh|stück**
früh|stü|cken, du frühstückst, er frühstückte, sie hat gefrühstückt
der **Frust**; frustriert

fu

der **Fuchs**, die Füchse
füh|len, du fühlst, er fühlte, sie hat gefühlt
der **Füh|ler**, die Fühler
er **fuhr** → fahren
füh|ren, du führst, er führte, sie hat geführt
der **Füh|rer|schein**, die Führerscheine
die **Füh|rung**, die Führungen
fül|len, du füllst, er füllte, sie hat gefüllt
die **Füll|fe|der**, die Füllfedern
fünf: die Nummer Fünf; er ist fünf Jahre alt
der **Fün|fer**
fünf|hundert
fünf|mal
fünf|zehn
fünf|zig
der **Funk**; funken
fun|keln, es funkelt, es funkelte, es hat gefunkelt
der **Fun|ke** *(= Funken)*, die Funken
der **Fun|ken** *(= Funke)*, die Funken
das **Funk|ge|rät**, die Funkgeräte
die **Funk|stil|le**
funk|ti|o|nie|ren, es funktioniert, es funktionierte, es hat funktioniert
für: für dich
die **Furcht**
fürch|ten, du fürchtest dich, er fürchtete sich, sie hat sich gefürchtet
furcht|sam
für|ei|n|an|der
der **Fuß**, die Füße
der **Fuß|ball**, die Fußbälle; Fußball spielen
das **Fuß|ball|spiel**, die Fußballspiele
der **Fuß|bo|den**, die Fußböden
der **Fuß|gän|ger**, die Fußgänger
die **Fuß|gän|ge|rin**, die Fußgängerinnen
das **Fut|ter**
füt|tern, du fütterst, er fütterte, sie hat gefüttert
die **Füt|te|rung**, die Fütterungen

A B C D E F G H I J K L M N O P Q R S T U V W X Y Z

ga

er **gab** → geben
die **Ga|bel**, die Gabeln
ga|ckern, die Henne gackert, sie gackerte, sie hat gegackert
der **Gag**, die Gags
gäh|nen, du gähnst, er gähnte, sie hat gegähnt
die **Ga|le|rie**, die Galerien
er **galt** → gelten
der **Game|boy**, die Gameboys
die **Gäm|se**, die Gämsen
der **Gang**, die Gänge
der **Gangs|ter**, die Gangster
die **Gans**, die Gänse
das **Gän|se|blüm|chen**
ganz: den ganzen Tag
gar: gar kein, gar nicht
die **Ga|ra|ge**, die Garagen
die **Gar|de|ro|be**, die Garderoben
das **Garn**, die Garne
der **Gar|ten**, die Gärten
der **Gärt|ner**, die Gärtner
die **Gärt|ne|rei**, die Gärtnereien
die **Gärt|ne|rin**, die Gärtnerinnen
das **Gas**, die Gase
die **Gas|se**, die Gassen
der **Gast**, die Gäste
der **Gast|ar|bei|ter**, die Gastarbeiter
die **Gast|ar|bei|te|rin**, die Gastarbeiterinnen
das **Gast|haus**, die Gasthäuser
der **Gau|men**, die Gaumen

ge

das **Ge|bäck**: frisches Gebäck

das **Ge|bäu|de**, die Gebäude
ge|ben, du gibst, er gab, sie hat gegeben
das **Ge|bet**, die Gebete
ge|be|ten → bitten
das **Ge|bir|ge**, die Gebirge
ge|bir|gig
das **Ge|biss**, die Gebisse
ge|bis|sen → beißen
ge|blie|ben → bleiben
ge|bo|gen → biegen
das **Ge|bot**, die Gebote
ge|bracht → bringen
ge|brannt → brennen
ge|bro|chen → brechen
die **Ge|bühr**, die Gebühren
ge|bun|den → binden
die **Ge|burt**, die Geburten
der **Ge|burts|tag**, die Geburtstage
das **Ge|burts|tags|ge|schenk**
das **Ge|büsch**, die Gebüsche
ge|dacht → denken
das **Ge|dächt|nis**
der **Ge|dan|ke**, die Gedanken
ge|dan|ken|los
das **Ge|dicht**, die Gedichte
ge|dro|schen → dreschen

die **Ge|duld**
ge|dul|dig
die **Ge|fahr**, die Gefahren
ge|fähr|lich
ge|fal|len, du gefällst ihm, es gefiel ihr, es hat uns gefallen
es **ge|fällt** mir → gefallen
die **Ge|fan|gen|schaft**
das **Ge|fäng|nis**, die Gefängnisse
das **Ge|fäß**, die Gefäße
es **ge|fiel** mir → gefallen
ge|fleckt
ge|floch|ten → flechten
ge|flo|gen → fliegen
ge|flo|hen → fliehen
ge|flos|sen → fließen
das **Ge|flü|gel**
ge|fro|ren → frieren
das **Ge|fühl**, die Gefühle
ge|fun|den → finden
ge|gan|gen → gehen
ge|gen: gegen den Strom schwimmen
die **Ge|gend**, die Gegenden
ge|gen|ei|n|an|der
ge|gen|sei|tig: sich gegenseitig helfen
der **Ge|gen|stand**, die Gegenstände
das **Ge|gen|teil**
ge|gen|über
die **Ge|gen|wart**
der **Geg|ner**, die Gegner
die **Geg|ne|rin**, die Gegnerinnen
ge|gol|ten → gelten
ge|gos|sen → gießen
ge|grif|fen → greifen
ge|han|gen → hängen
das **Ge|he|ge**, die Gehege
ge|heim
das **Ge|heim|nis**, die Geheimnisse
ge|heim|nis|voll
ge|hen, du gehst, er ging, sie ist gegangen
das **Ge|hirn**
die **Ge|hirn|er|schüt|te|rung**
ge|ho|ben → heben
ge|hol|fen → helfen
das **Ge|hör**
ge|hor|chen, du gehorchst, er gehorchte, sie hat gehorcht
ge|hö|ren, es gehört dir, es gehörte, es hat gehört
der **Geh|steig**, die Gehsteige
der **Geh|weg**, die Gehwege
der **Gei|er**, die Geier
die **Gei|ge**, die Geigen
die **Gei|sel**, die Geiseln
der **Geist**, die Geister; geistern
die **Geis|ter|bahn**
der **Geiz**; der Geizhals
gei|zig
ge|kannt → kennen
ge|klun|gen → klingen

A B C D E F G H I J K L M N O P Q R S T U V W X Y Z

ge|konnt → können
ge|kro|chen → kriechen
ge|lähmt
das Ge|län|der, die Geländer
es ge|lang → gelingen
gelb
das Geld, die Gelder; die Geldbörse
ge|le|gen → liegen
das Ge|lee, die Gelees
das Ge|lenk, die Gelenke
ge|lie|hen → leihen
ge|lin|gen, es gelingt, es gelang, es ist gelungen
ge|lit|ten → leiden
ge|lo|gen → lügen
die Gel|se, die Gelsen
gel|ten, es gilt, es galt, es hat gegolten
ge|lun|gen → gelingen
das Ge|mäl|de, die Gemälde
ge|mein
die Ge|mein|de, die Gemeinden
die Ge|mein|heit
ge|mein|sam
die Ge|mein|schaft, die Gemeinschaften
ge|mocht → mögen
ge|mol|ken → melken
das Ge|mü|se, die Gemüse
das Ge|müt, die Gemüter
ge|müt|lich
das Gen; die Gentechnik
ge|nannt → nennen
ge|nau
die Ge|nau|ig|keit
der Gen|darm, die Gendarmen
die Gen|dar|min, die Gendarminnen
die Ge|ne|ra|ti|on, die Generationen
sich ge|nie|ren, du genierst dich, er genierte sich, sie hat sich geniert
ge|nie|ßen, du genießt, er genoss, sie hat genossen
ge|nom|men → nehmen
er ge|noss → genießen
ge|nos|sen → genießen
ge|nug
ge|nü|gen, es genügt, es genügte, es hat genügt
das Ge|nü|gend: die Note Genügend
der Ge|nuss, die Genüsse
das Ge|päck

ge|pfif|fen → pfeifen
ge|quol|len → quellen
ge|ra|de: eine gerade Zahl
ge|ra|de|aus
geradewegs
ge|rannt → rennen
das Ge|rät, die Geräte
das Ge|räusch, die Geräusche
ge|recht: ein gerechtes Urteil
die Ge|rech|tig|keit

das **Ge|richt**, die Gerichte

ge|rie|ben → reiben
ge|ring
ge|ris|sen → reißen
ge|rit|ten → reiten
gern *(= gerne)*, lieber, am liebsten
ge|ro|chen → riechen
ge|ron|nen → rinnen
der **Ge|ruch**, die Gerüche
das **Ge|rüst**, die Gerüste
ge|samt
ge|sandt → senden
der **Ge|sang**, die Gesänge
das **Ge|schäft**, die Geschäfte
der **Ge|schäfts|mann**, die Geschäftsmänner
die **Ge|schäfts|frau**, die Geschäftsfrauen
es **ge|schah** → geschehen
ge|sche|hen, es geschieht, es geschah, es ist geschehen
ge|scheit
das **Ge|schenk**, die Geschenke
die **Ge|schich|te**, die Geschichten
die **Ge|schick|lich|keit**
ge|schickt
ge|schie|den → scheiden
es **ge|schieht** → geschehen
ge|schie|nen → scheinen
das **Ge|schirr**; der Geschirrspüler
das **Ge|schlecht**, die Geschlechter
ge|schli|chen → schleichen
ge|schlif|fen → schleifen
ge|schlos|sen → schließen
ge|schlun|gen → schlingen
der **Ge|schmack**, die Geschmäcke *(= Geschmäcker)*
ge|schmack|voll
ge|schmis|sen → schmeißen
ge|schmol|zen → schmelzen
ge|schnit|ten → schneiden
ge|scho|ben → schieben
ge|scho|ren → scheren
das **Ge|schoß** *(= Geschoss)*, die Geschoße *(= Geschosse)*
ge|schos|sen → schießen
das **Ge|schrei**
ge|schrie|ben → schreiben
ge|schri|en → schreien
ge|schrit|ten → schreiten
ge|schwie|gen → schweigen
das **Ge|schwätz**
ge|schwind
die **Ge|schwin|dig|keit**, die Geschwindigkeiten
die **Ge|schwis|ter** *(Mz.)*
ge|schwol|len → schwellen

A B C D E F G H I J K L M N O P Q R S T U V W X Y Z

A B C D E F G H I J K L M N O P Q R S T U V W X Y Z

ge|schwom|men → schwimmen
ge|schwo|ren → schwören
ge|schwun|den → schwinden
ge|schwun|gen → schwingen
die Ge|sell|schaft, die Gesellschaften
ge|ses|sen → sitzen
das Ge|setz, die Gesetze
das Ge|sicht, die Gesichter
ge|so|gen → saugen
ge|sot|ten → sieden
das Ge|spenst, die Gespenster
ge|spien → speien
ge|spon|nen → spinnen
das Ge|spräch, die Gespräche
ge|spro|chen → sprechen
ge|spros|sen → sprießen
ge|sprun|gen → springen
ge|stan|den → stehen
das Ge|ständ|nis, die Geständnisse
der Ge|stank
ges|tern: gestern Abend
ge|stie|gen → steigen
ge|sto|chen → stechen
ge|stoh|len → stehlen
ge|stor|ben → sterben
ge|streift
ge|stri|chen → streichen
ge|strit|ten → streiten
ge|stun|ken → stinken

ge|sund, gesünder, am gesündesten
die Ge|sund|heit
ge|sun|gen → singen
ge|sun|ken → sinken
ge|tan → tun
das Ge|tränk, die Getränke
das Ge|trei|de, die Getreide
ge|trie|ben → treiben
ge|trof|fen → treffen
ge|trun|ken → trinken
ge|tupft
die Ge|walt, die Gewalten
ge|wal|tig
das Ge|wand, die Gewänder
er ge|wann → gewinnen
das Ge|wäs|ser, die Gewässer
das Ge|wehr, die Gewehre
das Ge|weih, die Geweihe
ge|we|sen → sein
das Ge|wicht, die Gewichte
der Ge|winn, die Gewinne
ge|win|nen, du gewinnst, er gewann, sie hat gewonnen
der Ge|win|ner, die Gewinner
die Ge|win|ne|rin, die Gewinnerinnen
das Ge|wis|sen
das Ge|wit|ter, die Gewitter
ge|wo|gen → wiegen
ge|wöh|nen, du gewöhnst dich, er gewöhnte sich, sie hat sich gewöhnt
ge|won|nen → gewinnen

ge|wor|ben → werben
ge|wor|den → werden
ge|wor|fen → werfen
ge|wun|ken → winken
das **Ge|würz**, die Gewürze
ge|wusst → wissen
ge|zo|gen → ziehen
ge|zwun|gen → zwingen

gi

er **gibt** → geben
gie|rig
gie|ßen, du gießt, er goss, sie hat gegossen
die **Gieß|kan|ne**
das **Gift**, die Gifte
gif|tig
es **gilt** → gelten
sie **ging** → gehen
der **Gip|fel**, die Gipfel
der **Gips**; gipsen
die **Gi|raf|fe**, die Giraffen
die **Gi|tar|re**, die Gitarren
das **Git|ter**, die Gitter

gl

der **Glanz**
glän|zen, es glänzt, es glänzte, es hat geglänzt
glän|zend
das **Glas**, die Gläser
die **Glas|ku|gel**, die Glaskugeln
glatt
das **Glatt|eis**
die **Glat|ze**, die Glatzen
der **Glau|be** *(= Glauben)*
glau|ben, du glaubst, er glaubte, sie hat geglaubt
gläu|big
gleich
gleich|alt|rig
das **Gleich|ge|wicht**
gleich|zei|tig
das **Gleis**, die Gleise
der **Glet|scher**, die Gletscher
das **Glied**, die Glieder
glie|dern, du gliederst, er gliederte, sie hat gegliedert
die **Glie|de|rung**
die **Glied|ma|ßen**
glit|schig
glit|zern, es glitzert, es glitzerte, es hat geglitzert
der **Glo|bus**, die Globen *(= Globusse)*
die **Glo|cke**, die Glocken
das **Glück**: viel Glück
glück|lich
der **Glücks|brin|ger**, die Glücksbringer
der **Glück|wunsch**, die Glückwünsche
glü|hen, das Feuer glüht, es glühte, es hat geglüht
die **Glut**

go

das **Gold**; golden, goldig
der **Gold|fisch**, die Goldfische

A B C D E F G H I J K L M N O P Q R S T U V W X Y Z

die **Gon|del**, die Gondeln
der **Go|ril|la**, die Gorillas
er **goss** → gießen
der **Gott**, die Götter

gr

das **Grab**, die Gräber
gra|ben, du gräbst, er grub, sie hat gegraben
der **Gra|ben**, die Gräben
er **gräbt** → graben
der **Grad**, die Grade
das **Gramm**, die Gramme
die **Gram|ma|tik**
die **Grape|fruit**, die Grapefruits
das **Gras**, die Gräser
gra|sen, du grast, er graste, sie hat gegrast
gräss|lich
die **Grä|te**, die Gräten
gra|tis
die **Grät|sche**
grät|schen, du grätschst die Beine, er grätschte, sie hat gegrätscht
die **Gra|tu|la|ti|on**, die Gratulationen
gra|tu|lie|ren, du gratulierst, er gratulierte, sie hat gratuliert
grau
grau|en|haft
grau|sam
grau|sen, mir (mich) graust, ihn grauste, sie hat gegraust

Graz
grei|fen, du greifst, er griff, sie hat gegriffen
der **Greiß|ler**, die Greißler
die **Greiß|le|rin**, die Greißlerinnen
grell
die **Gren|ze**, die Grenzen
der **Grie|che**, die Griechen
Grie|chen|land
die **Grie|chin**, die Griechinnen
grie|chisch: griechisches Olivenöl
gries|grä|mig
der **Grieß**; der Grießschmarren
er **griff** → greifen
der **Griff**, die Griffe
der **Grill**; der Griller
die **Gril|le**, die Grillen
gril|len, du grillst, er grillte, sie hat gegrillt
die **Gri|mas|se**, die Grimassen
grin|sen, du grinst, er grinste, sie hat gegrinst
die **Grip|pe**
grob, gröber, am gröbsten
groß, größer, am größten
Groß|bri|tan|ni|en
die **Grö|ße**, die Größen
die **Groß|el|tern** *(Mz.)*
die **Groß|mut|ter**, die Großmütter
die **Groß|stadt**, die Großstädte
der **Groß|va|ter**, die Großväter
er **grub** → graben

die **Gru|be**, die Gruben
grün
der **Grund**, die Gründe
grün|den, du gründest, er gründete, sie hat gegründet
gründ|lich
das **Grund|stück**
grun|zen, es grunzt, es grunzte, es hat gegrunzt
die **Grup|pe**, die Gruppen
gru|se|lig
sich **gru|seln**, ich grusle mich, du gruselst dich, er gruselte sich, sie hat sich gegruselt; mir (mich) gruselt
der **Gruß**, die Grüße
grü|ßen, du grüßt, er grüßte, sie hat gegrüßt

gu

der **Gu|gel|hupf** *(= Kuchen)*
das **Gu|lasch**
gül|tig
der **Gum|mi**, die Gummis
der **Gum|mi|stie|fel**, die Gummistiefel
gur|geln, ich gurgle, du gurgelst, er gurgelte, sie hat gegurgelt
die **Gur|ke**, die Gurken
der **Gurt**, die Gurte
der **Gür|tel**, die Gürtel
gut, besser, am besten
das **Gut**; die Note Gut
das **Gut** *(Schulnote)*

das **Gut** *(Wirtschaftsbetrieb)*, die Güter
gü|tig
gut|mü|tig

gy

das **Gym|na|si|um**, die Gymnasien
die **Gym|nas|tik**

ha

das **Haar**, die Haare
ha|ben, du hast, er hatte, sie hat gehabt
die **Ha|cke**, die Hacken
ha|cken, du hackst Holz, er hackte, sie hat gehackt
der **Ha|fen**, die Häfen
der **Ha|fer**; die Haferflocken
das **Hä|ferl** *(= Heferl)*, die Häferl(n)
der **Ha|gel**; die Hagelkörner
ha|geln, es hagelt, es hagelte, es hat gehagelt
der **Hahn**, die Hähne

der **Hai**, die Haie
hä|keln, ich häkle, du häkelst, er häkelte, sie hat gehäkelt
der **Ha|ken**, die Haken
halb: halb drei; eine halbe Stunde
er **half** → helfen
die **Hälf|te**, die Hälften
die **Hal|le**, die Hallen
hal|lo
der **Halm**, die Halme
die **Ha|lo|gen|lam|pe**
der **Hals**, die Hälse
der **Halt**; Halt machen *(= haltmachen)*
er **hält** → halten
hal|ten, du hältst, er hielt, sie hat gehalten
die **Hal|te|stel|le**, die Haltestellen
der **Ham|mer**, die Hämmer
häm|mern, du hämmerst, er hämmerte, sie hat gehämmert
der **Ham|pel|mann**, die Hampelmänner
der **Hams|ter**, die Hamster
die **Hand**, die Hände: eine Hand voll
der **Hand|ball**, die Handbälle
der **Hand|ball|spie|ler**, die Handballspieler
die **Hand|ball|spie|le|rin**, die Handballspielerinnen
der **Han|del**
han|deln, ich handle, du handelst, er handelte, sie hat gehandelt
der **Händ|ler**, die Händler
die **Händ|le|rin**, die Händlerinnen
die **Hand|lung**, die Handlungen
der **Hand|schuh**, die Handschuhe
das **Hand|tuch**, die Handtücher
der **Hand|wer|ker**, die Handwerker
die **Hand|wer|ke|rin**, die Handwerkerinnen

das **Han|dy**, die Handys
der **Hang**, die Hänge
die **Hän|ge|mat|te**, die Hängematten
hän|gen, du hängst das Bild auf, er hängte auf, sie hat das Bild aufgehängt
hän|gen, das Bild hängt, es hing, es ist gehangen
das **Happy|end**
die **Hard|ware**
harm|los
hart, härter, am härtesten
die **Här|te**
der **Ha|se**, die Hasen
die **Ha|sel|nuss**, die Haselnüsse
der **Hass**
has|sen, du hasst, er hasste, sie hat gehasst
häss|lich
hast → haben
er **hat** → haben
sie **hat|te** → haben
die **Hau|be**, die Hauben
hau|en, du haust, er haute / er hieb, sie hat gehaut / gehauen
der **Hau|fen**, die Haufen
häu|fig
der **Häupt|ling**, die Häuptlinge
die **Haupt|schu|le**
die **Haupt|stadt**
die **Haupt|stra|ße**

das **Haus**, die Häuser; nach Hause *(= nachhause)* gehen; *zu Hause (= zuhause)*
das **Haus|tier**, die Haustiere
die **Haus|übung**, die Hausübungen
die **Haut**, die Häute

he

der **He|bel**, die Hebel
he|ben, du hebst, er hob, sie hat gehoben
der **Hecht**, die Hechte
die **He|cke**, die Hecken
das **Heer**, die Heere
das **He|ferl** *(= Häferl)*, die Heferl(n)
das **Heft**, die Hefte
hef|ten, du heftest, er heftete, sie hat geheftet
hef|tig
die **Hei|de**, die Heiden
die **Hei|del|bee|re**, die Heidelbeeren
hei|kel
hei|len, du heilst, er heilte, sie hat geheilt; die Heilung
hei|lig: der Heilige Abend
das **Heim**, die Heime
die **Hei|mat**; das Heimatland
hei|mat|los
heim|ge|hen, du gehst heim, er ging heim, sie ist heimgegangen
heim|lich

A B C D E F G H I J K L M N O P Q R S T U V W X Y Z

das **Heim|weh**
die **Hei|rat**
hei|ra|ten, du heiratest, er heiratete, sie hat geheiratet
hei|ser: eine heisere Stimme
heiß
hei|ßen, du heißt, er hieß, sie hat anders geheißen
die **Hei|ter|keit**; heiter
hei|zen, du heizt, er heizte, sie hat geheizt
die **Heiz|ung**, die Heizungen
die **Hek|tik**
hek|tisch: ein hektischer Mensch
der **Held**, die Helden
die **Hel|din**, die Heldinnen
hel|fen, du hilfst, er half, sie hat geholfen
hell
hell|blond
der **Helm**, die Helme
das **Hemd**, die Hemden
der **Hengst**, die Hengste
der **Hen|kel**, die Henkel
die **Hen|ne**, die Hennen
her
he|r|ab
he|r|an
he|r|auf
he|r|aus
her|bei
der **Herbst**, die Herbste
herbst|lich
der **Herd**, die Herde
die **Her|de**, die Herden
he|r|ein
die **Her|kunft**
der **Herr**, die Herren
her|rich|ten, du richtest her, er richtete her, sie hat hergerichtet
die **Her|rin**, die Herrinnen
herr|lich
herr|schen, du herrsch(s)t, er herrschte, sie hat geherrscht
der **Herr|scher**, die Herrscher
die **Herr|sche|rin**, die Herrscherinnen
he|r|über
he|r|um
he|r|un|ter
her|vor
das **Herz**, die Herzen
herz|lich
der **Her|zog**, die Herzöge
die **Her|zo|gin**, die Herzoginnen
het|zen, du hetzt, er hetzte, sie ist / hat gehetzt
das **Heu**; der Heuboden
heu|er
heu|len, du heulst, er heulte, sie hat geheult
heu|rig: das heurige Jahr
die **Heu|schre|cke**, die Heuschrecken
heute: heute Abend
die **He|xe**, die Hexen

he|xen, du hext, er hexte, sie hat gehext

hi

sie **hieb** → hauen
er **hielt** → halten
hier
hier|her
sie **hieß** → heißen
die **Hil|fe**, die Hilfen
der **Hilfs|ar|bei|ter**, die Hilfsarbeiter
die **Hilfs|ar|bei|te|rin**, die Hilfsarbeiterinnen
hilfs|be|reit
er **hilft** → helfen
die **Him|bee|re**, die Himbeeren
der **Him|mel**, die Himmel; himmelblau; das Himmelbett
hin: hin und her
hi|n|auf
hi|n|aus
hin|dern, du hinderst ihn, er hinderte sie, sie hat mich gehindert
das **Hin|der|nis**, die Hindernisse
hi|n|ein
es **hing** → hängen
hin|ken, du hinkst, er hinkte, sie hat gehinkt
hin|ten
hin|ter
hin|ter|ei|n|an|der
der **Hin|ter|grund**, die Hintergründe
er **hinterließ** → hinterlassen
hin|ter|las|sen, du hinterlässt, er hinterließ, sie hat hinterlassen
hi|nun|ter
der **Hin|weis**, die Hinweise
das **Hirn**, die Hirne
der **Hirsch**, die Hirsche
der **Hirt** *(= Hirte)*, die Hirten
die **Hir|tin**, die Hirtinnen
der **Hit**, die Hits
die **Hit|ze**; die Hitzewelle

ho

sie **hob** → heben
das **Hob|by**, die Hobbys
der **Ho|bel**, die Hobel
ho|beln, du hobelst, er hobelte, sie hat gehobelt
hoch, höher, am höchsten
das **Hoch|haus**, die Hochhäuser
die **Hoch|zeit**, die Hochzeiten
ho|cken, du hockst, er hockte, sie ist gehockt
der **Ho|cker**, die Hocker
der **Hof**, die Höfe
hof|fen, du hoffst, er hoffte, sie hat gehofft
hof|fent|lich
die **Hoff|nung**, die Hoffnungen
höf|lich
die **Höf|lich|keit**, die Höflichkeiten

die **Hö|he**, die Höhen
hö|her → hoch
hohl
die **Höh|le**, die Höhlen
ho|len, du holst, er holte, sie hat geholt
Hol|land
der **Hol|län|der**, die Holländer
die **Hol|län|de|rin**, die Holländerinnen
hol|län|disch: holländischer Käse
die **Höl|le**; der Höllenlärm
der **Ho|lun|der**
das **Holz**, die Hölzer
höl|zern
der **Holz|fäl|ler**, die Holzfäller
die **Holz|fäl|le|rin**, die Holzfällerinnen
das **Holz|haus**, die Holzhäuser
die **Home|page**, die Homepages
der **Home|trai|ner**, die Hometrainer
der **Ho|nig**
hop|peln, du hoppelst, er hoppelte, sie ist gehoppelt
hop|sen, du hopst, er hopste, sie ist gehopst
hor|chen, du horchst, er horchte, sie hat gehorcht
hö|ren, du hörst, er hörte, sie hat gehört

das **Horn**, die Hörner

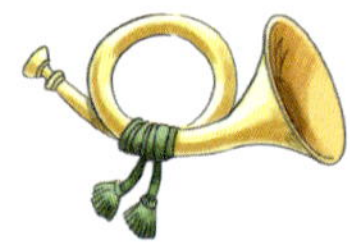

die **Hor|nis|se**, die Hornissen
der **Hort**, die Horte
die **Ho|se**, die Hosen
das **Ho|tel**, die Hotels

hu

hübsch
der **Hub|schrau|ber**, die Hubschrauber
der **Huf**, die Hufe
das **Huf|ei|sen**, die Hufeisen
die **Hüf|te**, die Hüften
der **Hü|gel**, die Hügel
hü|ge|lig
das **Huhn**, die Hühner
die **Hül|le**, die Hüllen
die **Hül|se**, die Hülsen
die **Hül|sen|frucht**, die Hülsenfrüchte
die **Hum|mel**, die Hummeln
der **Hu|mor**; humorvoll
hum|peln, ich humple, du humpelst, er humpelte, sie hat / ist gehumpelt
der **Hund**, die Hunde
hun|dert
hun|dert|mal
der **Hun|de|schlit|ten**, die Hundeschlitten

der **Hun|ger**
hung|rig
die **Hu|pe**, die Hupen
hu|pen, du hupst, er hupte, sie hat gehupt
hüp|fen, du hüpfst, er hüpfte, sie ist gehüpft
hus|ten, du hustest, er hustete, sie hat gehustet
der **Hus|ten**; der Hustensaft
der **Hut**, die Hüte
hü|ten, du hütest, er hütete, sie hat gehütet
die **Hüt|te**, die Hütten

ic

der **IC** *(InterCity)*, die ICs
der **ICE** *(InterCityExpress)*, die ICEs
ich: ich lese

id

die **Idee**, die Ideen

ig

der **Igel**, die Igel
der / das **Ig|lu**, die Iglus

ih

ihm: ich danke ihm
ihn: ich suche ihn
ih|nen: ich helfe ihnen
Ih|nen: „Wie geht es Ihnen?“
ihr: ich helfe ihr

il

die **Il|lus|t|rier|te**, die Illustrierten

im

im: im Garten
der **Im|ker**, die Imker
die **Im|ke|rin**, die Imkerinnen
im|mer
imp|fen: der Arzt impft die Kinder, er impfte, sie hat geimpft
die **Imp|fung**, die Impfungen

A B C D E F G H I J K L M N O P Q R S T U V W X Y Z

A B C D E F G H I J K L M N O P Q R S T U V W X Y Z

in

in: in der Stadt wohnen
der **In|der**, die Inder
die **In|de|rin**, die Inderinnen
der **In|di|a|ner**, die Indianer
die **In|di|a|ne|rin**, die Indianerinnen
In|di|en
die **In|dus|t|rie**, die Industrien
die **In|fek|ti|on**, die Infektionen
der **In|fi|ni|tiv**
die **In|for|ma|ti|on**, die Informationen
in|for|mie|ren, du informierst dich, er informierte sich, sie hat sich informiert
der **In|ge|ni|eur**, die Ingenieure
die **In|ge|ni|eu|rin**, die Ingenieurinnen
der **In|halt**, die Inhalte
das **In|land**
der **In|län|der**, die Inländer
die **In|län|de|rin**, die Inländerinnen
in|län|disch: inländisches Gemüse
der **In|line|skate**, die Inlineskates; inlineskaten
in|nen
in|ner|halb
in|ner|lich
Inns|bruck
das **In|sekt**, die Insekten
die **In|sel**, die Inseln
ins|ge|samt
der **In|s|tal|la|teur**, die Installateure
die **In|s|tal|la|teu|rin**, die Installateurinnen
in|s|tal|lie|ren, du installierst, er installierte, sie hat installiert
das **In|s|t|ru|ment**, die Instrumente
die **In|te|gra|ti|on**
die **In|te|gra|ti|ons|klas|se**
in|te|grie|ren, du integrierst, er integrierte, sie hat integriert
in|tel|li|gent
die **In|tel|li|genz**
in|te|r|es|sant
das **In|te|r|es|se**, die Interessen
in|te|r|es|sie|ren, du interessierst dich, er interessierte sich, sie hat sich interessiert
in|ter|kul|tu|rell: interkulturelles Lernen
das **In|ter|nat**, die Internate
in|ter|na|ti|o|nal
das **In|ter|net**
das **In|ter|view**, die Interviews
in|ter|view|en, du interviewst, er interviewte, sie hat interviewt

der **Inuk**, die Inuit
in|zwi|schen

ir

der **Ire**, die Iren
ir|gend|ein
ir|gend|et|was
ir|gend|je|mand
ir|gend|wer
ir|gend|wie
ir|gend|wo
die **Irin**, die Irinnen
Ir|land
ir|ren, du irrst dich, er irrte sich, sie hat sich geirrt
der **Irr|tum**, die Irrtümer
irr|tüm|lich

is

der **Is|lam**
is|la|misch
Is|land
der **Is|län|der**, die Isländer
die **Is|län|de|rin**, die Isländerinnen
er **isst** → essen
sie **ist** → sein

it

Ita|li|en
der **Ita|li|e|ner**, die Italiener
die **Ita|li|e|ne|rin**, die Italienerinnen
ita|li|e|nisch: italienisches Eis

ja

ja: Ja *(= ja)* sagen
die **Jacht** *(= Yacht)*, die Jachten
die **Ja|cke**, die Jacken
die **Jagd**, die Jagden
ja|gen, du jagst, er jagte, sie hat gejagt
der **Jä|ger**, die Jäger
die **Jä|ge|rin**, die Jägerinnen
das **Jahr**, die Jahre
jah|re|lang
die **Jah|res|zeit**, die Jahreszeiten
das **Jahr|hun|dert**, die Jahrhunderte
jähr|lich
die **Ja|lou|sie**, die Jalousien
jam|mern, du jammerst, er jammerte, sie hat gejammert
der **Jän|ner**
jä|ten, du jätest, er jätete, sie hat gejätet
die **Jau|che**
jauch|zen, du jauchzt, er jauchzte, sie hat gejauchzt
jau|len, der Hund jault, er jaulte, er hat gejault
die **Jau|se**, die Jausen; das Jausenbrot
jaus|nen, du jausnest, er jausnete, sie hat gejausnet
der **Jazz**

A B C D E F G H I J K L M N O P Q R S T U V W X Y Z

je

die **Jeans** *(Mz.)*
je|de, je|der, je|des: jede Frau, jeder Mann, jedes Kind
der **Jeep**, die Jeeps
je|mand
Je|sus
jetzt

jo

der **Job**, die Jobs; jobben
jo|deln, ich jodle, du jodelst, er jodelte, sie hat gejodelt
jog|gen, du joggst, er joggte, sie hat / ist gejoggt
der **Jog|ger**, die Jogger
die **Jog|ge|rin**, die Joggerinnen
der **Jog|gings|an|zug**, die Joggingsanzüge
das / der **Jog|hurt** *(= Jogurt)*, die Joghurts
das **Jo|gurt** *(= Joghurt)*, die Jogurts
jong|lie|ren, du jonglierst, er jonglierte, sie hat jongliert
der **Joy|stick**, die Joysticks

ju

ju|beln, du jubelst, er jubelte, sie hat gejubelt
ju|cken, es juckt, es juckte, es hat gejuckt
der **Ju|de**, die Juden
die **Jü|din**, die Jüdinnen
jü|disch: jüdische Feiertage
die **Ju|gend**
ju|gend|lich
der **Ju|gend|li|che**, die Jugendlichen
die **Ju|gend|li|che**, die Jugendlichen
der **Ju|li**
jung, jünger, am jüngsten
der **Jun|ge**, die Jungen
der **Ju|ni**
die **Jur|te**, die Jurten

ka

das **Ka|bel**, die Kabel
die **Ka|bi|ne**, die Kabinen
die **Ka|chel**, die Kacheln
der **Kä|fer**, die Käfer
der **Kaf|fee**, die Kaffees
die **Kaf|fee|ma|schi|ne**, die Kaffeemaschinen
der **Kä|fig**, die Käfige
kahl: ein kahler Baum
der **Kahn**, die Kähne
der **Kai**, die Kais
der **Kai|ser**, die Kaiser
die **Kai|se|rin**, die Kaiserinnen
der **Ka|kao**, die Kakaos
der **Kak|tus**, die Kakteen
das **Kalb**, die Kälber
der **Ka|len|der**, die Kalender
der **Kalk**
kalt, kälter, am kältesten
die **Käl|te**
er **kam** → kommen
das **Ka|mel**, die Kamele
die **Ka|me|ra**, die Kameras
die **Ka|mil|le**, die Kamillen
der **Ka|mil|len|tee**
der **Ka|min**, die Kamine
der **Kamm**, die Kämme

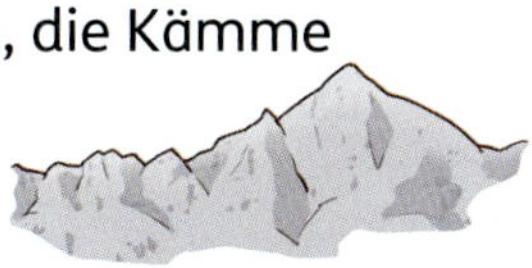

die **Kam|mer**, die Kammern
der **Kampf**, die Kämpfe
kämp|fen, du kämpfst, er kämpfte, sie hat gekämpft
kam|pie|ren *(= campieren)*, du kampierst, er kampierte, sie hat kampiert
der **Ka|nal**, die Kanäle
das **Kän|gu|ru**, die Kängurus
das **Ka|nin|chen**, die Kaninchen
sie **kann** → können
die **Kan|ne**, die Kannen
er **kann|te** → kennen
der **Ka|non**, die Kanons
die **Ka|no|ne**, die Kanonen
die **Kan|te**, die Kanten
kan|tig
die **Ka|pel|le**, die Kapellen

der **Ka|pi|tän**, die Kapitäne
die **Ka|pi|tä|nin**, die Kapitäninnen
die **Kap|pe**, die Kappen
ka|putt: kaputt sein
die **Ka|pu|ze**, die Kapuzen
die **Ka|ra|wa|ne**, die Karawanen
der **Kar|di|nal**, die Kardinäle
der **Kar|fi|ol**
ka|riert: ein kariertes Heft
die **Ka|ri|es**
der **Kar|ne|val**
Kärn|ten
die **Ka|ros|se|rie**
die **Ka|rot|te**, die Karotten
der **Karp|fen**, die Karpfen
die **Kar|ri|e|re**

A B C D E F G H I J K L M N O P Q R S T U V W X Y Z

die **Kar|te**, die Karten
das **Kar|ten|spiel**
die **Kar|tof|fel**, die Kartoffeln
der **Kar|ton**, die Kartons
das **Ka|rus|sell**, die Karussells
der **Kä|se**, die Käse; die Käsesemmel
der **Kas|perl**, die Kasperl(n)
das **Kas|perl|the|a|ter**
die **Kas|sa** *(= Kasse)*, die Kassen
die **Kas|se** *(= Kassa)*, die Kassen
die **Kas|set|te**, die Kassetten
der **Kas|sier**, die Kassiere
die **Kas|sie|rin**, die Kassierinnen
kas|sie|ren, du kassierst, er kassierte, sie hat kassiert
die **Kas|ta|nie**, die Kastanien
der **Kas|ten**, die Kästen *(= Kasten)*
der **Ka|ta|log**, die Kataloge
die **Ka|ta|s|t|ro|phe**, die Katastrophen
der **Ka|ter**, die Kater
der **Ka|tho|lik**, die Katholiken
die **Ka|tho|li|kin**, die Katholikinnen
ka|tho|lisch
die **Kat|ze**, die Katzen
kau|en, du kaust, er kaute, sie hat gekaut
der **Kauf**, die Käufe
kau|fen, du kaufst, er kaufte, sie hat gekauft
der **Käu|fer**, die Käufer
die **Käu|fe|rin**, die Käuferinnen
die **Kauf|frau**, die Kauffrauen
das **Kauf|haus**, die Kaufhäuser
der **Kauf|mann**, die Kaufmänner
der **Kau|gummi**, die Kaugummis
die **Kaul|quap|pe**, die Kaulquappen
kaum

ke

der **Ke|gel**, die Kegel
ke|geln, ich kegle, du kegelst, er kegelte, sie hat gekegelt
die **Keh|le**; der Kehlkopf
keh|ren, du kehrst, er kehrte, sie hat gekehrt
der **Keim**, die Keime; keimen
kein: kein Hund, kein Kind, keine Zeit, keine Tiere
das / der **Keks**, die Keks *(= Kekse)*
der **Kel|ler**, die Keller
der **Kell|ner**, die Kellner
die **Kell|ne|rin**, die Kellnerinnen
ken|nen, du kennst, er kannte, sie hat gekannt; kennen lernen *(= kennenlernen)*
das **Kenn|wort**, die Kennwörter
das **Kenn|zei|chen**; kennzeichnen

ken|tern, du kenterst, er kenterte, sie ist gekentert
der **Kern**, die Kerne
die **Ker|ze**, die Kerzen
der **Kes|sel**, die Kessel
das / der **Ket|chup**, die Ketchups
die **Ket|te**, die Ketten
keu|chen, du keuchst, er keuchte, sie hat gekeucht
die **Keu|le**, die Keulen
das **Key|board**, die Keyboards

ki

ki|chern, du kicherst, er kicherte, sie hat gekichert
der / das **Kie|fer** (*Oberkiefer, Unterkiefer*), die Kiefer

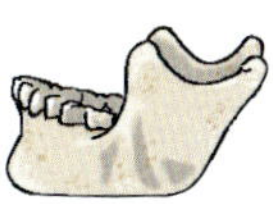

die **Kie|fer** *(Nadelbaum)*, die Kiefern
die **Kie|me**, die Kiemen
der **Kies**
das **Ki|lo**, die Kilo *(= Kilos)*
das **Ki|lo|gramm**
der **Ki|lo|me|ter**
das **Kind**, die Kinder
der **Kin|der|gar|ten**, die Kindergärten
der **Kin|der|gärt|ner**, die Kindergärtner
die **Kin|der|gärt|ne|rin**, die Kindergärtnerinnen
der **Kin|der|wa|gen**, die Kinderwagen *(= Kinderwägen)*
das **Ki|nder|zim|mer**
kin|disch
das **Kinn**; der Kinnhaken
das **Ki|no**, die Kinos
der **Ki|osk**, die Kioske
das **Kip|fel** *(= Kipferl)*, die Kipfel
das **Kip|ferl** *(= Kipfel)*, die Kipferl
kip|pen, du kippst, er kippte, sie ist / hat gekippt
die **Kir|che**, die Kirchen
die **Kir|sche**, die Kirschen
das **Kis|sen**, die Kissen
die **Kis|te**, die Kisten
das **Kitz**, die Kitze
kit|ze|lig *(= kitzlig)*
kit|zeln, ich kitzle, du kitzelst, er kitzelte, sie hat gekitzelt
kitz|lig *(= kitzelig)*
die **Ki|wi**, die Kiwis

kl

die **Kla|ge**, die Klagen
kla|gen, du klagst, er klagte, sie hat geklagt
Kla|gen|furt
die **Klam|mer**, die Klammern
es **klang** → klingen
der **Klang**, die Klänge

A B C D E F G H I J K L M N O P Q R S T U V W X Y Z

die **Klap|pe**, die Klappen
klap|pen, es klappt, es klappte, es hat geklappt
klap|pern, du klapperst, es klapperte, es hat geklappert
klar
klä|ren, du klärst, er klärte, sie hat geklärt
die **Klas|se**, die Klassen
das **Klas|sen|zim|mer**
klat|schen, du klatsch(s)t, er klatschte, sie hat geklatscht
klau|ben, du klaubst, er klaubte, sie hat geklaubt
das **Kla|vier**, die Klaviere
kle|ben, du klebst, er klebte, sie hat geklebt
der **Kleb|stoff**
der **Klecks**, die Kleckse; klecksen
der **Klee**, die Klees; das Kleeblatt
das **Kleid**, die Kleider
sich **klei|den**, du kleidest dich, er kleidete sich, sie hat sich gekleidet
die **Klei|dung**
klein
die **Klei|nig|keit**
klem|men, es klemmt, es klemmte, es hat geklemmt
klet|tern, du kletterst, er kletterte, sie ist geklettert
der **Klett|ver|schluss**
das **Kli|ma**, die Klimas
die **Klin|ge**, die Klingen
die **Klin|gel**, die Klingeln
klin|geln, ich klingle, du klingelst, er klingelte, sie hat geklingelt
klin|gen, es klingt, es klang, es hat geklungen
die **Kli|nik**, die Kliniken
die **Klin|ke**, die Klinken
klir|ren, es klirrt, es klirrte, es hat geklirrt
das **Klo**, die Klos
klo|nen, du klonst, er klonte, sie hat geklont
klop|fen, du klopfst, er klopfte, sie hat geklopft
das **Klos|ter**, die Klöster
der **Klub** *(= Club)*, die Klubs
klug, klüger, am klügsten
die **Klug|heit**
die **Klup|pe**, die Kluppen

kn

knab|bern, du knabberst, er knabberte, sie hat geknabbert
der **Kna|be**, die Knaben
kna|cken, du knackst, er knackte, sie hat geknackt
die **Knack|wurst**, die Knackwürste
der **Knall**; knallen
knapp: ein knapper Rock
der / das **Knäu|el**, die Knäuel
der **Knecht**, die Knechte

A B C D E F G H I J K L M N O P Q R S T U V W X Y Z

kne|ten, du knetest, er knetete, sie hat geknetet
kni|cken, du knickst, er knickte, sie hat geknickt
das **Knie**, die Knie
kni|en, ich knie, du kniest, er kniete, sie hat / ist gekniet
der **Knie|schüt|zer**, die Knieschützer
knip|sen, du knipst, er knipste, sie hat geknipst
knir|schen, du knirschst, er knirschte, sie hat geknirscht
knis|tern, es knistert, es knisterte, es hat geknistert
der **Knob|lauch**
die **Knob|lauch|ze|he**
der **Knö|chel**, die Knöchel
der **Kno|chen**, die Knochen
der **Knö|del**, die Knödel
der **Knopf**, die Knöpfe
das **Knopf|loch**
die **Knos|pe**, die Knospen
der **Kno|ten**, die Knoten
knüp|fen, du knüpfst, er knüpfte, sie hat geknüpft
knur|ren, der Hund knurrt, er knurrte, er hat geknurrt
knusp|rig: knuspriges Brot

ko

der **Ko|bold**, die Kobolde
der **Koch**, die Köche
ko|chen, du kochst, er kochte, sie hat gekocht
die **Kö|chin**, die Köchinnen
der **Koch|löf|fel**, die Kochlöffel
der **Kof|fer**, die Koffer
der **Kohl**; der Kohlkopf
die **Koh|le**, die Kohlen
die **Koh|len|säu|re**
der **Kohl|ra|bi**, die Kohlrabi
der **Kol|le|ge**, die Kollegen
die **Kol|le|gin**, die Kolleginnen
die **Ko|lon|ne**, die Kolonnen
der **Ko|mi|ker**, die Komiker
die **Ko|mi|ke|rin**, die Komikerinnen
ko|misch
kom|men, du kommst, er kam, sie ist gekommen
der **Kom|mis|sar**, die Kommissare
die **Kom|mis|sa|rin**, die Kommissarinnen
die **Kom|mu|ni|ka|ti|on**
die **Kom|mu|ni|on**
der **Kom|pass**, die Kompasse
das **Kom|pli|ment**, die Komplimente
kom|pli|ziert
der **Kom|post**; der Komposthaufen
das **Kom|pott**, die Kompotte
der **Kom|pro|miss**, die Kompromisse
die **Kon|di|to|rei**, die Konditoreien

die **Kon|fi|tü|re**, die Konfitüren
der **Kon|f|likt**, die Konflikte
der **Kö|nig**, die Könige
die **Kö|ni|gin**, die Königinnen
das **Kö|nig|reich**
die **Kon|kur|renz**
kön|nen, du kannst, er konnte, sie hat gekonnt
er **konn|te** → können
die **Kon|ser|ve**, die Konserven
der **Kon|so|nant**, die Konsonanten
der **Kon|takt**, die Kontakte
der **Kon|ti|nent**, die Kontinente
das **Kon|to**, die Konten
die **Kon|t|rol|le**, die Kontrollen
kon|t|rol|lie|ren, du kontrollierst, er kontrollierte, sie hat kontrolliert
die **Kon|zen|t|ra|ti|on**
kon|zen|t|rie|ren, du konzentrierst dich, er konzentrierte sich, sie hat sich konzentriert
kon|zen|triert
das **Kon|zert**, die Konzerte
der **Kopf**, die Köpfe; von Kopf bis Fuß; kopfstehen
der **Kopf|hö|rer**, die Kopfhörer
kopf|rech|nen: du rechnest im Kopf, er rechnete im Kopf, sie hat im Kopf gerechnet; gut kopfrechnen können
das **Kopf|tuch**, die Kopftücher
die **Ko|pie**, die Kopien
ko|pie|ren, du kopierst, er kopierte, sie hat kopiert
der **Ko|ran**
der **Korb**, die Körbe
der **Kor|ken**, die Korken
das **Korn**, die Körner
der **Kör|per**, die Körper
kor|rekt
die **Kor|rek|tur**, die Korrekturen
kor|ri|gie|ren, du korrigierst, er korrigierte, sie hat korrigiert
kost|bar
kos|ten, du kostest, er kostet, sie hat gekostet; es kostet 1,80 Euro

köst|lich
das **Kos|tüm**, die Kostüme
der **Kot**; der Kotflügel
das **Ko|te|lett**, die Koteletts

kr

krab|beln, ich krabble, du krabbelst, er krabbelte, sie ist gekrabbelt
der **Krach**, die Krachs; Krach machen

kra|chen, es kracht, es krachte, es hat gekracht
kräch|zen, du krächzt, er krächzte, sie hat gekrächzt
die **Kraft**, die Kräfte
das **Kraft|fahr|zeug**
kräf|tig
der **Kra|gen**, die Kragen *(= Krägen)*
die **Krä|he**, die Krähen
krä|hen, der Hahn kräht, er krähte, er hat gekräht
die **Kral|le**, die Krallen
kra|men, du kramst, er kramte, sie hat gekramt
der **Kram|pus**, die Krampusse
der **Kran**, die Kräne
krank, kränker, am kränksten
das **Kran|ken|haus**, die Krankenhäuser
krän|ken, du kränkst dich, er kränkte sich, sie hat sich gekränkt
die **Krank|heit**, die Krankheiten
der **Kranz**, die Kränze
der **Krap|fen**, die Krapfen
der **Kratz|baum**, die Kratzbäume
krat|zen, du kratzt dich, er kratzte sich, sie hat sich gekratzt
krau|len, du kraulst, er kraulte, sie hat / ist gekrault
das **Kraut**, die Kräuter; der Krautkopf
die **Kra|wat|te**, die Krawatten
kra|xeln, du kraxelst, er kraxelte, sie ist gekraxelt
kre|a|tiv
der **Krebs**, die Krebse
die **Krei|de**, die Kreiden
der **Kreis**, die Kreise
krei|schen, du kreisch(s)t, er kreischte, sie hat gekreischt
der **Krei|sel**, die Kreisel
die **Krem** *(= Kreme, Creme)*, die Kremen
der **Kren**
die **Kres|se**
das **Kreuz**, die Kreuze
die **Kreu|zung**, die Kreuzungen
krib|beln, es kribbelt, es kribbelte, es hat gekribbelt
krie|chen, du kriechst, er kroch, sie ist gekrochen
der **Krieg**, die Kriege
der **Kri|mi**, die Krimis
die **Krip|pe**, die Krippen
der **Kris|tall**, die Kristalle
die **Kri|tik**, die Kritiken
kri|tisch: kritisch sein
kri|ti|sie|ren, du kritisierst ihn, er kritisierte sie, sie hat uns kritisiert

A B C D E F G H I J K L M N O P Q R S T U V W X Y Z

krit|zeln, ich kritzle, du kritzelst, er kritzelte, sie hat gekritzelt
der **Kro|a|te**, die Kroaten
Kro|a|ti|en
die **Kro|a|tin**, die Kroatinnen
kro|a|tisch: die kroatische Küste
er **kroch** → kriechen
das **Kro|ko|dil**, die Krokodile
der **Kro|kus**, die Krokusse
die **Kro|ne**, die Kronen
die **Krö|te**, die Kröten
die **Krü|cke**, die Krücken
der **Krug**, die Krüge
krumm, krummer *(= krümmer)*, am krummsten *(= krümmsten)*: ein krummer Baum

ku

der **Kü|bel**, die Kübel
die **Kü|che**, die Küchen
der **Ku|chen**, die Kuchen
das **Kü|cken** *(= Küken)*, die Kücken
der **Ku|ckuck**, die Kuckucke
die **Ku|fe**, die Kufen
die **Ku|gel**, die Kugeln
ku|gel|rund
der **Ku|gel|schrei|ber**
die **Kuh**, die Kühe
kühl
der **Kühl|schrank**, die Kühlschränke
das **Kü|ken** *(= Kücken)*, die Küken
der **Ku|ku|ruz**
die **Kul|tur**, die Kulturen
der **Küm|mel**
der **Kum|mer**
sich **küm|mern**, du kümmerst dich, er kümmerte sich, sie hat sich gekümmert
der **Kun|de**, die Kunden
kün|di|gen, du kündigst, er kündigte, sie hat gekündigt; die Kündigung
die **Kun|din**, die Kundinnen
die **Kunst**, die Künste
der **Künst|ler**, die Künstler
die **Künst|le|rin**, die Künstlerinnen
künst|lich
der **Kunst|stoff**, die Kunststoffe
das **Kunst|stück**, die Kunststücke
kunst|voll
die **Kur**, die Kuren
kur|beln, ich kurble, du kurbelst, er kurbelte, sie hat gekurbelt
der **Kür|bis**, die Kürbisse
der **Kurs**, die Kurse
die **Kur|ve**, die Kurven
kur|vig
kurz, kürzer, am kürzesten
die **Kür|ze**
kür|zen, du kürzt, er kürzte, sie hat gekürzt

kür|zer → kurz
ku|sche|lig
ku|scheln, ich kuschle, du kuschelst, er kuschelte, sie hat gekuschelt
das Ku|schel|tier, die Kuscheltiere
die Ku|si|ne *(= Cousine)*, die Kusinen
der Kuss, die Küsse
küs|sen, du küsst, er küsste, sie hat geküsst
die Küs|te, die Küsten
die Kut|sche, die Kutschen
das Ku|vert, die Kuverts

la

das La|by|rinth, die Labyrinthe
lä|cheln, du lächelst, er lächelte, sie hat gelächelt
la|chen, du lachst, er lachte, sie hat gelacht
das La|chen
lä|cher|lich: sich lächerlich machen
der Lack, die Lacke
die La|cke, die Lacken
la|ckie|ren, du lackierst, er lackierte, sie hat lackiert
die La|de, die Laden
la|den, du lädst *(= ladest)*, er lud, sie hat geladen
der La|den, die Läden
sie la|det *(= lädt)* → laden
er lädt *(= ladet)* → laden
sie lag → liegen
das La|ger, die Lager
la|gern, du lagerst, er lagerte, sie hat gelagert
lahm: ein lahmes Pferd
die Läh|mung, die Lähmungen
der Laib *(Brotlaib)*, die Laibe

lai|chen, der Fisch laicht, er laichte, er hat gelaicht
das La|ma, die Lamas
das Lamm, die Lämmer

A B C D E F G H I J K L M N O P Q R S T U V W X Y Z

die **Lam|pe**, die Lampen
der **Lam|pi|on**, die Lampions
das **Land**, die Länder
lan|den, du landest, er landete, sie ist gelandet; die Landung
die **Land|schaft**, die Landschaften
der **Land|wirt**, die Landwirte
die **Land|wir|tin**, die Landwirtinnen
die **Land|wirt|schaft**
lang, länger, am längsten; jahrelang; meterlang; stundenlang; seit langem *(= Langem)*; zwei Jahre lang
die **Län|ge**
län|ger → lang
die **Lan|ge|wei|le** *(= Langweile)*
lang|sam
die **Lang|sam|keit**
die **Lang|wei|le** *(= Langeweile)*; aus Langweile fernsehen
lang|wei|len, du langweilst dich, er langweilte sich, sie hat sich gelangweilt
lang|wei|lig
die **Lan|ze**, die Lanzen
der **Lap|pen**, die Lappen
der **Lap|top**, die Laptops; am Laptop arbeiten
die **Lär|che** *(Nadelbaum)*, die Lärchen

der **Lärm**
lär|men, du lärmst, er lärmte, sie hat gelärmt
die **Lar|ve**, die Larven

sie **las** → lesen
las|sen, du lässt, er ließ, sie hat gelassen
läs|sig: ein lässiges Fest
das **Las|so**, die Lassos
er **lässt** → lassen
die **Last**, die Lasten; das Lastauto
läs|tig: eine lästige Fliege
der **Last|kraft|wa|gen** *(Lkw)*
das **La|tein**
die **La|ter|ne**, die Laternen
die **Lat|sche**, die Latschen
die **Lat|te**, die Latten
lau: ein laues Lüftchen
das **Laub**; der Laubbaum
lau|ern, du lauerst, er lauerte, sie hat gelauert
der **Lauf**, die Läufe
die **Lauf|bahn**
lau|fen, du läufst, er lief, sie ist gelaufen
der **Läu|fer**, die Läufer
die **Läu|fe|rin**, die Läuferinnen
er **läuft** → laufen
die **Lau|ne**, die Launen
lau|nisch

die **Laus**, die Läuse
lau|schen, du lausch(s)t, er lauschte, sie hat gelauscht
laut
der **Laut**, die Laute
der **Laut|spre|cher**, die Lautsprecher
die **Laut|stär|ke**
läu|ten, du läutest, er läutete, sie hat geläutet
lau|warm: lauwarme Milch
die **La|va**
die **La|wi|ne**, die Lawinen

le

le|ben, du lebst, er lebte, sie hat gelebt
das **Le|ben**, die Leben
le|ben|dig
das **Le|bens|mit|tel**, die Lebensmittel
die **Le|ber**
leb|haft
der **Leb|ku|chen**, die Lebkuchen
das **Le|der**, die Leder
le|dig
leer
lee|ren, du leerst, er leerte, sie hat geleert
le|gen, du legst, er legte, sie hat gelegt
der **Lehm**
die **Leh|ne**, die Lehnen
leh|nen, du lehnst, er lehnte, sie ist / hat gelehnt
der **Lehn|stuhl**, die Lehnstühle
die **Leh|re**; lehren
der **Leh|rer**, die Lehrer
die **Leh|re|rin**, die Lehrerinnen
der **Lehr|ling**, die Lehrlinge

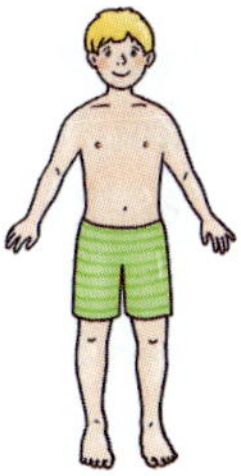

der **Leib**; das Leibchen
die **Lei|che**, die Leichen
leicht
die **Leicht|ath|le|tik**
der **Leicht|sinn**
leicht|sin|nig
leid: Es tut mir leid.
lei|den, du leidest, er litt, sie hat gelitten
das **Leid**
das **Lei|den**, die Leiden
lei|der
leid|tun, es tut mir leid, es tat ihm leid, es hat ihr leidgetan
lei|hen, du leihst, er lieh, sie hat geliehen
der **Leim**
die **Lei|ne**, die Leinen
das **Lei|nen**, die Leinen
das **Lein|tuch**, die Leintücher
die **Lein|wand**, die Leinwände

lei|se
lei|sten, du leistest, er leistete, sie hat geleistet; die Leistung; sich etwas leisten; Erste Hilfe leisten
lei|ten, du leitest, er leitete, sie hat geleitet
der Lei|ter, die Leiter
die Lei|ter, die Leitern
die Lei|te|rin, die Leiterinnen
die Lek|ti|on, die Lektionen
len|ken, du lenkst, er lenkte, sie hat gelenkt
der Len|ker, die Lenker
die Len|ke|rin, die Lenkerinnen
das Lenk|rad, die Lenkräder
die Lenk|stan|ge, die Lenkstangen
der Le|o|pard, die Leoparden
die Ler|che *(Vogel)*, die Lerchen

ler|nen, du lernst, er lernte, sie hat gelernt
le|sen, du liest, er las, sie hat gelesen
das Le|sen
das Le|se|zei|chen, die Lesezeichen
die Le|sung, die Lesungen
letz|te: der / die / das Letzte; das letzte Mal; das letzte Kind in der Reihe
leuch|ten, es leuchtet, es leuchtete, es hat geleuchtet
leuch|tend
der Leucht|turm, die Leuchttürme
die Leu|te *(Mz.)*
das Le|xi|kon, die Lexika

li

die Li|bel|le, die Libellen
das Licht, die Lichter; lichterloh
die Lich|ter|ket|te, die Lichterketten
die Lich|tung, die Lichtungen
das Lid *(Augenlid)*, die Lider

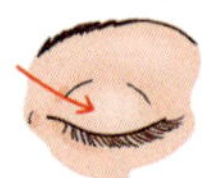

lieb
die Lie|be
lie|ben, du liebst, er liebte, sie hat geliebt
lie|ber → gern; → lieb
lieb|lich
der Lieb|ling, die Lieblinge
das Lieb|lings|buch, die Lieblingsbücher
das Lied, die Lieder

er lief → laufen
lie|fern, du lieferst, er lieferte, sie hat geliefert; die Lieferung

die **Lie|ge**, die Liegen;
der Liegestuhl
lie|gen, du liegst, er lag,
sie ist gelegen
sie **lieh** → leihen
er **ließ** → lassen
sie **liest** → lesen
der **Lift**, die Lifte
li|la: eine lila Blumenblüte
die **Li|lie**, die Lilien
die **Li|mo|na|de**, die Limonaden
die **Lin|de**, die Linden
das **Li|ne|al**, die Lineale
die **Li|nie**, die Linien
links
der **Links|hän|der**,
die Linkshänder
die **Links|hän|de|rin**,
die Linkshänderinnen
die **Lin|se**, die Linsen
Linz
die **Lip|pe**, die Lippen
der **Lip|pen|stift**
die **Lis|te**, die Listen
der / das **Li|ter**
die **Li|te|ra|tur**
er **litt** → leiden
live: live übertragen;
die Livesendung

lo

das **Lob**; loben
das **Loch**, die Löcher
die **Lo|cke**, die Locken
lo|cken, du lockst, er lockte,
sie hat gelockt
lo|cker
lo|ckig
der **Löf|fel**, die Löffel

löf|feln, ich löffle,
du löffelst, er löffelte,
sie hat gelöffelt
sie **log** → lügen
lo|gisch: logisch denken
der **Lohn**, die Löhne
die **Loi|pe**, die Loipen
das **Lo|kal**, die Lokale
die **Lo|ko|mo|ti|ve** *(Lok)*,
die Lokomotiven
los
das **Los**, die Lose
lö|schen, du lösch(s)t,
er löschte, sie hat gelöscht
lö|sen, du löst, er löste,
sie hat gelöst
die **Lö|sung**, die Lösungen
lö|ten, du lötest, er lötete,
sie hat gelötet
der **Lot|se**, die Lotsen
das **Lot|to**
der **Lö|we**, die Löwen
der **Lö|wen|zahn**,
die Löwenzahne

A B C D E F G H I J K L M N O P Q R S T U V W X Y Z

lu

der **Luchs**, die Luchse
die **Lü|cke**, die Lücken
er **lud** → laden
die **Luft**, die Lüfte
der **Luft|bal|lon**
lüf|ten, du lüftest, er lüftete, sie hat gelüftet
die **Luft|ma|trat|ze**, die Luftmatratzen
die **Luft|ver|schmut|zung**
die **Lü|ge**, die Lügen
lü|gen, du lügst, er log, sie hat gelogen
lüm|meln, ich lümmle, du lümmelst, er lümmelte, sie hat gelümmelt
die **Lun|ge**, die Lungen
die **Lu|pe**, die Lupen
die **Lust**
lus|tig
lut|schen, du lutsch(s)t, er lutschte, sie hat gelutscht
der **Lu|xus**; luxuriös

ma

ma|chen, du machst, er machte, sie hat gemacht
die **Macht**, die Mächte
mäch|tig
das **Mäd|chen**, die Mädchen
die **Ma|de**, die Maden
er **mag** → mögen
die **Magd**, die Mägde
der **Ma|gen**, die Mägen *(= Magen)*
ma|ger: mageres Fleisch
die **Ma|ger|milch**
der **Ma|g|net**, die Magnete
ma|g|ne|tisch
die **Mahd**, die Mahden
mä|hen, du mähst, er mähte, sie hat gemäht
mah|len *(Nüsse)*, du mahlst, er mahlte, sie hat gemahlen

die **Mahl|zeit**, die Mahlzeiten
die **Mäh|ne**, die Mähnen
der **Mai**; das Maiglöckchen
das **Mail** *(E-Mail)*, die Mails
der **Mais**; der Maiskolben
mal: einmal
das **Mal**: das erste Mal, jedes Mal, ein paar Mal

ma|len *(ein Bild)*, du malst, er malte, sie hat gemalt

der **Ma|ler**, die Maler
die **Ma|le|rin**, die Malerinnen
die **Ma|ma**, die Mamas
man: Man macht das so.
der **Ma|na|ger**, die Manager
die **Ma|na|ge|rin**, die Managerinnen
man|che: manche Frau, mancher Mann, manches Kind, manche Eltern
manch|mal
die **Man|da|ri|ne**, die Mandarinen
die **Man|del**, die Mandeln
die **Ma|ne|ge**, die Manegen
der **Mann**, die Männer
männ|lich
die **Mann|schaft**, die Mannschaften
der **Man|tel**, die Mäntel
die **Map|pe**, die Mappen
das **Mär|chen**, die Märchen
mär|chen|haft
der **Mar|der**, die Marder
die **Mar|ga|ri|ne**, die Margarinen
die **Mar|ge|ri|te**, die Margeriten
die **Ma|ril|le**, die Marillen
die **Ma|ri|o|net|te**, die Marionetten
die **Mar|ke**, die Marken
mar|kie|ren, du markierst, er markierte, sie hat markiert
die **Mar|kie|rung**, die Markierungen
der **Markt**, die Märkte
der **Markt|stand**, die Marktstände
die **Mar|me|la|de**, die Marmeladen
der **Mar|mor**
die **Ma|ro|ni**, die Maroni
der **Mars**; der Marsmensch
der **Marsch**, die Märsche
marschieren, du marschierst, er marschierte, sie ist marschiert
der **März**; der Märzenbecher
das / der **Mar|zi|pan**
die **Ma|sche**, die Maschen
die **Ma|schi|ne**, die Maschinen
die **Ma|sern** *(Mz.)*
die **Mas|ke**, die Masken
das **Mas|kott|chen**, die Maskottchen
sie **maß** → messen
das **Maß**, die Maße
die **Mas|sa|ge**, die Massagen
die **Mas|se**, die Massen
der **Mas|seur**, die Masseure

A B C D E F G H I J K L M N O P Q R S T U V W X Y Z

die **Mas|seu|rin**, die Masseurinnen
mas|sie|ren, du massierst, er massierte, sie hat massiert
der **Maß|stab**, die Maßstäbe
der **Mast** *(Fahnenmast)*, die Masten *(= Maste)*

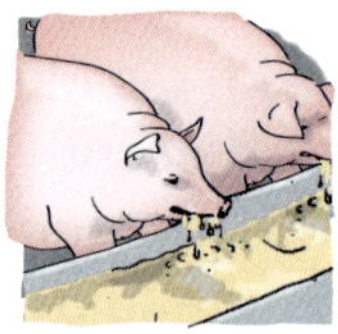

die **Mast** *(Schweinemast)*
das **Match**, die Matches
das **Ma|te|ri|al**, die Materialien
die **Ma|the|ma|tik**
die **Ma|t|rat|ze**, die Matratzen
der **Ma|t|ro|se**, die Matrosen
die **Ma|tro|sin**, die Matrosinnen
der **Matsch**; matschig
matt
die **Mat|te**, die Matten
die **Mau|er**, die Mauern
das **Maul**, die Mäuler
der **Maul|wurf**, die Maulwürfe
der **Mau|rer**, die Maurer
die **Mau|re|rin**, die Maurerinnen
die **Maus**, die Mäuse
das **Maus|pad**
die **Ma|yon|nai|se**

me

der **Me|cha|ni|ker**, die Mechaniker
die **Me|cha|ni|ke|rin**, die Mechanikerinnen
me|ckern, die Ziege meckert, sie meckerte, sie hat gemeckert
die **Me|dail|le**, die Medaillen
die **Me|di|en**
das **Me|di|ka|ment**, die Medikamente
die **Me|di|zin**; der Medizinball
das **Meer**, die Meere
das **Meer|schwein|chen**, die Meerschweinchen
das **Mehl**; die Mehlspeise
meh|lig: ein mehliger Apfel
mehr → viel
meh|re|re: mehrere Bücher
die **Mehr|heit**
die **Mehr|zahl**
mein: mein Bruder, meine Schwester, meine Eltern
mei|nen, du meinst, er meinte, sie hat gemeint
die **Mei|nung**, die Meinungen
die **Mei|se**, die Meisen
meist → viel
meis|tens
der **Meis|ter**, die Meister
die **Meis|te|rin**, die Meisterinnen
die **Meis|ter|schaft**, die Meisterschaften

mel|den, du meldest dich, er meldete sich, sie hat sich gemeldet
die **Mel|dung**, die Meldungen
mel|ken, du melkst, er molk *(= melkte)*, sie hat gemolken *(= gemelkt)*
die **Me|lo|die**, die Melodien
die **Me|lo|ne**, die Melonen
die **Men|ge**, die Mengen
der **Mensch**, die Menschen
mensch|lich
das **Me|nü**, die Menüs
mer|ken, du merkst dir, er merkte sich, sie hat sich gemerkt
das **Merk|mal**, die Merkmale
merk|wür|dig
die **Mes|se**, die Messen
mes|sen, du misst, er maß, sie hat gemessen
das **Mes|ser**, die Messer
das **Mess|ge|rät**, die Messgeräte
das **Me|tall**, die Metalle
der / das **Me|ter**, die Meter

mi

mi|au|en, die Katze miaut, sie miaute, sie hat miaut
mich: du suchst mich
die **Mie|ne** *(Gesichtsausdruck)*, die Mienen

die **Mie|te**; mieten
das **Mi|k|ro|fon** *(= Mikrophon)* die Mikrofone
das **Mi|kro|phon** *(= Mikrofon)*, die Mikrophone
das **Mi|k|ro|s|kop**, die Mikroskope
die **Mi|k|ro|wel|le**, die Mikrowellen
die **Milch**; der Milchzahn
mild
das **Mi|li|tär**
der **Mil|li|me|ter**, die Millimeter
die **Mil|li|on**, die Millionen
der **Mil|li|o|när**, die Millionäre
die **Mil|li|o|nä|rin**, die Millionärinnen
min|des|tens
die **Mi|ne** *(Buntstift)*, die Minen

der **Mi|nis|t|rant**, die Ministranten
die **Mi|nis|t|ran|tin**, die Ministrantinnen
die **Mi|nu|te**, die Minuten
mi|nu|ten|lang
mir: Es gefällt mir.
mi|schen, du misch(s)t, er mischte, sie hat gemischt
miss|ach|ten, du missachtest, er missachtete, sie hat missachtet

A B C D E F G H I J K L M N O P Q R S T U V W X Y Z

der **Miss|brauch**; missbrauchen
das **Miss|ge|schick**
miss|glü|cken, es missglückt, es missglückte, es ist missglückt
sie **misst** → messen
miss|trau|en, du misstraust, er misstraute, sie hat misstraut
das **Miss|trau|en**; misstrauisch sein
das **Miss|ver|ständ|nis**, die Missverständnisse
der **Mist**; der Mistkübel
mit: mit mir
mit|ei|n|an|der
das **Mit|ge|fühl**
das **Mit|glied**, die Mitglieder
der **Mit|laut**, die Mitlaute
das **Mit|leid**
der **Mit|tag**, die Mittage: heute Mittag, zu Mittag; das Mittagessen
mit|tags
die **Mit|te**, die Mitten
mit|teilen, du teilst mit, er teilte mit, sie hat mitgeteilt
die **Mit|tei|lung**, die Mitteilungen
das **Mit|tel**, die Mittel
das **Mit|tel|al|ter**
das **Mit|tel|meer**
die **Mit|ter|nacht**: um Mitternacht
die **Mit|tel|schu|le**, die Mittelschulen
der **Mitt|woch**, die Mittwoche
mitt|wochs
mi|xen, du mixt, er mixte, sie hat gemixt
der **Mi|xer**, die Mixer

mo

das **Mö|bel**, die Möbel
das **Mo|bil|te|le|fon**, die Mobiltelefone
er **moch|te** → mögen
möch|ten, du möchtest, er mochte, sie hat gemocht
die **Mo|de**, die Moden
das **Mo|dell**, die Modelle
das **Mo|dem**, die Modems
der **Mo|de|ra|tor**, die Moderatoren
die **Mo|de|ra|to|rin**, die Moderatorinnen
mo|dern
mo|disch
mö|gen, du magst, er mochte, sie hat das Kraut nicht gemocht, sie hat es nicht essen mögen
mög|lich
die **Mög|lich|keit**, die Möglichkeiten
der **Mohn**
die **Mohn|blu|me**, die Mohnblumen
sie **molk** → melken

die **Mol|ke|rei**, die Molkereien
der **Mo|nat**, die Monate
mo|nat|lich
der **Mönch**, die Mönche
der **Mond**, die Monde
der **Mo|ni|tor**, die Monitore
das **Mons|ter**, die Monster
der **Mon|tag**, die Montage
mon|tags
mon|tie|ren, du montierst, er montierte, sie hat montiert
das **Moor**, die Moore
das **Moos**; moosig
das **Mo|ped**, die Mopeds
der **Mord**, die Morde
der **Mör|der**, die Mörder
die **Mör|de|rin**, die Mörderinnen
mor|gen
der **Mor|gen**: am Morgen, heute Morgen, am Montagmorgen
mor|gens
morsch: ein morscher Ast
das **Mo|sa|ik**, die Mosaiken
die **Mo|schee**, die Moscheen
der **Mos|lem**, die Moslems
die **Mos|le|min**, die Mosleminnen
das **Mo|tiv**, die Motive
die **Mo|ti|va|ti|on**; motiviert
der **Mo|tor**, die Motoren
das **Mo|tor|rad**, die Motorräder
die **Mot|te**, die Motten
das **Moun|tain|bike**, die Mountainbikes
die **Mö|we**, die Möwen

mu

die **Mü|cke**, die Mücken
mü|de
die **Mü|dig|keit**
der **Muf|fin**, die Muffins
die **Mü|he**, die Mühen; sich große Mühe geben
mu|hen, die Kuh muht, sie muhte, sie hat gemuht
die **Müh|le**, die Mühlen
müh|sam
der **Müll**; die Müllabfuhr; die Mülldeponie; die Mülltrennung
der **Mül|ler**, die Müller
die **Mül|le|rin**, die Müllerinnen
die **Müll|ton|ne**, die Mülltonnen
mul|ti|kul|tu|rell
die **Mul|ti|p|li|ka|ti|on**, die Multiplikationen
mul|ti|p|li|zie|ren, du multiplizierst, er multiplizierte, sie hat multipliziert
der **Mund**, die Münder
mün|den, der Fluss mündet ins Meer, er mündete, er ist gemündet
münd|lich
mun|ter
die **Mün|ze**, die Münzen

die **Mur|mel**, die Murmeln
mur|meln, ich murmle, du murmelst, er murmelte, sie hat gemurmelt
das **Mur|mel|tier**
mur|meln, du murmelst, sie murmelt, er hat gemurmelt
mur|ren, du murrst, er murrte, sie hat gemurrt
mür|risch
das **Mus**
die **Mu|schel**, die Muscheln
das **Mu|se|um**, die Museen
das **Mu|si|cal**, die Musicals
die **Mu|sik**; die Musikkapelle
mu|si|ka|lisch
mu|si|zie|ren, du musizierst, er musizierte, sie hat musiziert
der **Mus|kel**, die Muskeln
das **Müs|li**, die Müslis
der **Mus|lim**, die Muslime
die **Mus|li|min**, die Musliminnen
sie **muss** → müssen
das **Muss**
müs|sen, du musst, er musste, sie hat lachen müssen
er **muss|te** → müssen
das **Mus|ter**, die Muster

der **Mut**
mu|tig
die **Mut|ter**, die Mütter

die **Mut|ter** (*Schraubenmutter*), die Muttern
das **Mut|ter|mal**, die Muttermale
der **Mut|ter|tag**
die **Müt|ze**, die Mützen

na

der **Na|bel**, die Näbel *(= Nabel)*
nach: nach dir
nach|ah|men, du ahmst nach, er ahmte nach, sie hat nachgeahmt
der **Nach|bar**, die Nachbarn
die **Nach|ba|rin**, die Nachbarinnen
die **Nach|bar|schaft**
nach|dem: Nachdem er gegangen war, läutete das Telefon.
nach|den|ken, du denkst nach, er dachte nach, sie hat nachgedacht
nach|ei|n|an|der
die **Nach|er|zäh|lung**, die Nacherzählungen
nach|fah|ren, du fährst nach, er fuhr nach, sie ist nachgefahren
der **Nach|fol|ger**, die Nachfolger
die **Nach|fol|ge|rin**, die Nachfolgerinnen
nach|ge|ben, du gibst nach, er gab nach, sie hat nachgegeben
nach|gie|big
nach Hau|se *(= nachhause)*
nach|her
die **Nach|hil|fe**
der **Nach|mit|tag**, die Nachmittage: am Nachmittag, heute Nachmittag
nach|mit|tags
der **Nach|na|me** *(= Nachnamen)*, die Nachnamen
die **Nach|richt**, die Nachrichten
nach|schau|en, du schaust nach, er schaute nach, sie hat nachgeschaut
nach|schla|gen, du schlägst nach, er schlug nach, sie hat nachgeschlagen
die **Nach|sil|be**, die Nachsilben
die **Nach|spei|se**, die Nachspeisen
nächste: das nächste Mal; als Nächstes; der Nächste, bitte!
die **Nacht**, die Nächte: in der Nacht, heute Nacht
der **Nach|teil**, die Nachteile
die **Nach|ti|gall**, die Nachtigallen
nach|träg|lich: nachträglich gratulieren
nachts
der **Na|cken**, die Nacken
nackt
die **Na|del**, die Nadeln
der **Na|gel**, die Nägel

A B C D E F G H I J K L M N O P Q R S T U V W X Y Z

na|geln, ich nagle, du nagelst, er nagelte, sie hat genagelt
na|gen, es nagt, es nagte, es hat genagt
das **Na|ge|tier**, die Nagetiere
nah *(= nahe)*, näher, am nächsten: von nah und fern
na|he *(= nah)*, näher, am nächsten
die **Nä|he**
nä|hen, du nähst, er nähte, sie hat genäht
nä|her → nah
die **Näh|ma|schi|ne**, die Nähmaschinen
sie **nahm** → nehmen
die **Nah|rung**
das **Nah|rungs|mit|tel**, die Nahrungsmittel
die **Naht**, die Nähte
na|iv
der **Na|me** *(= Namen)*, die Namen; das Namenwort
der **Na|mens|tag**, die Namenstage
näm|lich
er **nann|te** → nennen
die **Nar|be**, die Narben
die **Nar|ko|se**, die Narkosen
der **Narr**, die Narren
die **När|rin**, die Närrinnen
die **Nar|zis|se**, die Narzissen
na|schen, du nasch(s)t, er naschte, sie hat genascht
die **Na|se**, die Nasen
das **Nas|horn**, die Nashörner
nass, nasser *(= nässer)*, am nassesten *(= am nässesten)*
die **Näs|se**
die **Na|ti|on**, die Nationen
der **Na|ti|o|nal|fei|er|tag**
die **Nat|ter**, die Nattern
die **Na|tur**; der Naturschutz
na|tür|lich

ne

der **Ne|bel**, die Nebel
ne|be|lig *(= neblig)*
ne|ben: neben dir
ne|ben|an
ne|ben|ei|n|an|der
der **Ne|bel**, die Nebel
neb|lig *(= nebelig)*
ne|cken, du neckst ihn, er neckte sie, sie hat mich geneckt
der **Nef|fe**, die Neffen
ne|ga|tiv
neh|men, du nimmst, er nahm, sie hat genommen
der **Neid**
nei|dig *(= neidisch)*
nei|disch *(= neidig)*
nei|gen, du neigst den Kopf, er neigte, sie hat geneigt
die **Nei|gung**, die Neigungen
nein: nein *(= Nein)* sagen

die **Nek|ta|ri|ne**, die Nektarinen
die **Nel|ke**, die Nelken
nen|nen, du nennst, er nannte, sie hat genannt
der **Nen|ner**, die Nenner
die **Nenn|form**, die Nennformen
der **Nep|tun**
der **Nerv**, die Nerven
ner|vös
die **Ner|vo|si|tät**
das **Nest**, die Nester
nett
das **Netz**, die Netze
neu: etwas Neues
die **Neu|gier** *(= Neugierde)*
die **Neu|gier|de** *(= Neugier)*
neu|gie|rig: neugierig sein
die **Neu|ig|keit**, die Neuigkeiten
neu|lich
neun: die Zahl Neun
der **Neu|ner**; der Neunte
neun|mal
neun|zig
die **Neu|ro|der|mi|tis**
neu|t|ral
die **Neu|t|ra|li|tät**

ni

nicht
das **Nicht|ge|nü|gend**
die **Nich|te**, die Nichten
nichts: nichts Besonderes
ni|cken, du nickst, er nickte, sie hat genickt
nie: nie und nimmer
nie|der: auf und nieder
die **Nie|der|la|ge**
die **Nie|der|lan|de** *(Mz.)*
der **Nie|der|län|der**, die Niederländer
die **Nie|der|län|de|rin**, die Niederländerinnen
Nie|der|ös|ter|reich
der **Nie|der|schlag**, die Niederschläge
nied|rig
nie|mals
nie|mand
die **Nie|re**, die Nieren
nie|seln, es nieselt, es nieselte, es hat genieselt
nie|sen, du niest, er nieste, sie hat geniest
der **Ni|ko|laus**, die Nikolause
der **Ni|ko|lo**, die Nikolos
das **Nil|pferd**, die Nilpferde
er **nimmt** → nehmen
nip|pen, du nippst, er nippte, sie hat genippt
nir|gends
die **Ni|sche**, die Nischen
nis|ten, Vögel nisten unter dem Dach, sie nisteten, sie haben genistet
die **Ni|xe**, die Nixen

no

noch
das **No|ckerl**, die Nockerl(n)

A B C D E F G H I J K L M N O P Q R S T U V W X Y Z

der **No|ma|de**, die Nomaden
die **No|ma|din**, die Nomadinnen
das **No|men**, die Nomen
die **Non|ne**, die Nonnen
Non|sens reden
non|stop
der **Nor|den**
nörd|lich: nördlich der Stadt
der **Nord|pol**
nör|geln, ich nörgle, du nörgelst, er nörgelte, sie hat genörgelt; die Nörgelei
nor|mal
Nor|we|gen
der **Nor|we|ger**, die Norweger
die **Nor|we|ge|rin**, die Norwegerinnen
die **Not**, die Nöte: Not leiden
der **Not|aus|gang**
die **Not|brem|se**
die **No|te**, die Noten
das **Note|book**, die Notebooks
der **No|ten|stän|der**
no|tie|ren, du notierst, er notierte, sie hat notiert
nö|tig
die **No|tiz**, die Notizen
der **No|tiz|block**
der **Not|ruf**
not|wen|dig
der **No|vem|ber**

nu

im **Nu**
nüch|tern
die **Nu|del**, die Nudeln
null: null Grad
die **Null**, die Nullen; so eine Null; eins zu null
die **Num|mer**, die Nummern
num|me|rie|ren, du nummerierst, er nummerierte, sie hat nummeriert
nun
nur
die **Nuss**, die Nüsse
der **Nuss|kna|cker**, die Nussknacker
der **Nuss|stru|del**, die Nussstrudel
die **Nüs|ter**, die Nüstern
nut|zen *(= nützen)*, es nutzt, es nutzte, es hat genutzt
nüt|zen *(= nutzen)*, es nützt, es nützte, es hat genützt
der **Nut|zen**
nütz|lich

oa

die **Oa|se**, die Oasen

ob

ob
ob|dach|los
oben
ober: ober *(= über)* mir
der **Ober**, die Ober
die **Ober|flä|che**, die Oberflächen
ob|er|fläch|lich
Ober|ös|ter|reich
der **Ober|schen|kel**, die Oberschenkel
das **Ober|teil**, die Oberteile
das **Ob|jekt**, die Objekte
das **Obst**; der Obstsalat
der **Obus**, die Obusse
ob|wohl: Er kommt, obwohl er krank ist.

oc

der **Ochs** *(= Ochse)*, die Ochsen

od

oder: du oder ich

of

der **Ofen**, die Öfen
of|fen
die **Of|fen|heit**
öf|fent|lich: öffentliche Verkehrsmittel
öff|nen, du öffnest, er öffnete, sie hat geöffnet
die **Öff|nung**, die Öffnungen
oft, öfter, am öftesten
öf|ter → oft

oh

oh|ne: ohne dich; ohne Weiteres
die **Ohn|macht**
ohn|mäch|tig
das **Ohr**, die Ohren
der **Ohr|ring**, die Ohrringe

ok

okay
der **Ok|to|ber**

ol

das **Öl**, die Öle
der **Old|ti|mer**, die Oldtimer
ölen, du ölst, er ölte, sie hat geölt
ölig
die **Oli|ve**, die Oliven; das Olivenöl
die **Olym|pi|a|de**
olym|pisch: die Olympischen Spiele

om

die **Oma**, die Omas
das **Ome|lett** *(= Omelette)*, die Omeletts

A B C D E F G H I J K L M N O P Q R S T U V W X Y Z

die **Ome|let|te** *(= Omelett)*, die Omeletten
der **Om|ni|bus**, die Omnibusse

on

der **On|kel**, die Onkel
on|line: online sein

op

der **Opa**, die Opas
das **Open-Air-Kon|zert**
die **Oper**, die Opern
die **Ope|ra|ti|on**, die Operationen
die **Ope|ret|te**, die Operetten
ope|rie|ren, du operierst, er operierte, sie hat operiert
das **Op|fer**, die Opfer
op|fern, du opferst, er opferte, sie hat geopfert
der **Op|ti|ker**, die Optiker
die **Op|ti|ke|rin**, die Optikerinnen
op|ti|mis|tisch

or

oran|ge: eine orange Hose
die **Oran|ge**, die Orangen
das **Or|ches|ter**, die Orchester
der **Or|den**, die Orden
or|dent|lich
die **Or|di|na|ti|on**, die Ordinationen
ord|nen, du ordnest, er ordnete, sie hat geordnet
der **Ord|ner**, die Ordner
die **Ord|nung**, die Ordnungen
das **Or|gan**, die Organe
die **Or|ga|ni|sa|ti|on**, die Organisationen
or|ga|ni|sie|ren, du organisierst, er organisierte, sie hat organisiert
die **Or|gel**, die Orgeln
der **Ori|ent**
ori|en|ta|lisch
sich **ori|en|tie|ren**, du orientierst dich, er orientierte sich, sie hat sich orientiert
die **Ori|en|tie|rung**
das **Ori|gi|nal**, die Originale
der **Or|kan**, die Orkane
der **Ort**, die Orte

os

der **Os|ten**
Os|tern
das **Os|ter|fest**; das Osterei, der Osterhase, das Osternest
Ös|ter|reich
der **Ös|ter|rei|cher**, die Österreicher
die **Ös|ter|rei|che|rin**, die Österreicherinnen
ös|ter|rei|chisch
öst|lich

ot

der **Ot|ter** *(eine Marderart)*, die Otter

die **Ot|ter** *(eine Schlange)*, die Ottern

ou

das **Out**

ov

oval

der **Over|all**, die Overalls

oz

der **Oze|an**, die Ozeane

das **Ozon**; das Ozonloch

pa

paar: ein paar Mal; ein paarmal; ein paar *(mehrere)* Äpfel; ein paar Mal klopfen

das **Paar**, die Paare; ein Paar *(zwei)* Socken; ein Paar Würstel

paar|wei|se

pach|ten, du pachtest, er pachtete, sie hat gepachtet

das **Päck|chen**, die Päckchen

pa|cken, du packst, er packte, sie hat gepackt

die **Pa|ckung**, die Packungen

das **Pack|pa|pier**

das **Pad|del**, die Paddel; das Paddelboot

pad|deln, ich paddle, du paddelst, er paddelte, sie ist / hat gepaddelt

das **Pa|ket**, die Pakete

der **Pa|last**, die Paläste

die **Pa|lat|schin|ke**, die Palatschinken

die **Pal|me**, die Palmen

pa|nie|ren, du panierst, er panierte, sie hat paniert

die **Pa|nik**, die Paniken; panisch sein

die **Pan|ne**, die Pannen

der **Pan|ter** *(= Panther)*, die Panter
der **Pan|ther** *(= Panter)*, die Panther
der **Pan|tof|fel**, die Pantoffel(n)
die **Pan|to|mi|me**, die Pantomimen
der **Pan|zer**, die Panzer
der **Pa|pa**, die Papas
der **Pa|pa|gei**, die Papageien
das **Pa|pier**, die Papiere
die **Pap|pe**, die Pappen
die **Pap|pel**, die Pappeln
der **Pa|p|ri|ka**, die Paprikas
der **Papst**, die Päpste
der **Pa|ra|dei|ser**, die Paradeiser
das **Pa|ra|dies**; paradiesisch
pa|ral|lel: parallele Straßen
das **Pär|chen**, die Pärchen
das **Par|fum**, die Parfums
die **Par|fü|me|rie**; parfümieren
der **Park**, die Parks
par|ken, du parkst, er parkte, sie hat geparkt
das **Par|la|ment**, die Parlamente
der **Par|me|san**
die **Par|tei**, die Parteien
das **Par|ter|re**
der **Part|ner**, die Partner
die **Part|ne|rin**, die Partnerinnen
die **Par|ty**, die Partys

der **Pass**, die Pässe

pas|sen, es passt, es passte, es hat gepasst
pas|sie|ren, es passiert, es passierte, es ist passiert
die **Pas|ta** *(= Paste)*, die Pasten
die **Pas|te** *(= Pasta)*, die Pasten
der **Pas|tor**, die Pastoren
die **Pas|to|rin**, die Pastorinnen
der **Pa|te**, die Paten
der **Pa|ti|ent**, die Patienten
die **Pa|ti|en|tin**, die Patientinnen
die **Pa|tin**, die Patinnen
die **Pa|t|ro|ne**, die Patronen
die **Pau|se**, die Pausen
pau|sen|los

pc

der **PC**, die PCs *(Personal Computer)*

pe

das **Pech**
pech|schwarz
pe|cken *(= picken)*, du peckst, er peckte, sie hat gepeckt
das **Pe|dal**, die Pedale
pein|lich
die **Peit|sche**, die Peitschen
der **Pe|li|kan**, die Pelikane

der **Pelz**, die Pelze
der **Pelz|stie|fel**, die Pelzstiefel
das **Pen|del**, die Pendel
pen|deln, ich pendle, du pendelst, er pendelte, sie ist / hat gependelt
der **Pend|ler**, die Pendler
die **Pend|le|rin**, die Pendlerinnen
der **Pe|nis**, die Penisse
die **Pen|si|on**, die Pensionen
der **Pen|si|o|nist**, die Pensionisten
die **Pen|si|o|nis|tin**, die Pensionistinnen
per|fekt
das **Per|fekt**
die **Pe|ri|o|de**, die Perioden
die **Per|le**, die Perlen
die **Per|son**, die Personen
das **Per|so|nal**
per|sön|lich: persönlich danken
die **Per|sön|lich|keit**, die Persönlichkeiten
die **Pe|rü|cke**, die Perücken
pes|si|mis|tisch
der **Pe|ter|sil** *(= die Petersilie)*
pet|zen, du petzt, er petzte, sie hat gepetzt

pf

der **Pfad**, die Pfade
der **Pfad|fin|der**, die Pfadfinder
die **Pfad|fin|de|rin**, die Pfadfinderinnen
der **Pfahl**, die Pfähle
das **Pfand**, die Pfänder
die **Pfan|ne**, die Pfannen
der **Pfar|rer**, die Pfarrer
die **Pfar|re|rin**, die Pfarrerinnen
der **Pfau**, die Pfaue
pfau|chen, die Katze pfaucht, sie pfauchte, sie hat gepfaucht
der **Pfef|fer**, die Pfefferminze
pfef|fern, du pfefferst, er pfefferte, sie hat gepfeffert
die **Pfei|fe**, die Pfeifen

pfei|fen, du pfeifst, er pfiff, sie hat gepfiffen
der **Pfeil**, die Pfeile
der **Pfei|ler**, die Pfeiler
das **Pferd**, die Pferde
sie **pfiff** → pfeifen
der **Pfiff**, die Pfiffe; pfiffig
Pfings|ten
der **Pfir|sich**, die Pfirsiche
die **Pflan|ze**, die Pflanzen
pflan|zen, du pflanzt, er pflanzte, sie hat gepflanzt
das **Pflas|ter**, die Pflaster
die **Pflau|me**, die Pflaumen
die **Pfle|ge**; die Krankenpflege

A B C D E F G H I J K L M N O P Q R S T U V W X Y Z

pfle|gen, du pflegst, er pflegte, sie hat gepflegt
der **Pfle|ger**, die Pfleger
die **Pfle|ge|rin**, die Pflegerinnen
die **Pflicht**, die Pflichten
pflü|cken, du pflückst, er pflückte, sie hat gepflückt
der **Pflug**, die Pflüge
pflü|gen, du pflügst, er pflügte, sie hat gepflügt
der **Pfos|ten**, die Pfosten
die **Pfo|te**, die Pfoten
pfui
die **Pfüt|ze**, die Pfützen

ph

die **Phan|ta|sie** *(= Fantasie)*, die Phantasien
phan|ta|sie|ren *(= fantasieren)*, du phantasierst, er phantasierte, sie hat phantasiert
phan|ta|sie|voll *(= fantasievoll)*
das **Phan|tom**, die Phantome
der **Pho|to|graph** *(= Fotograf)*, die Photographen
die **Pho|to|gra|phie** *(= Fotografie)*, die Photographien
die **Pho|to|gra|phin** *(= Fotografin)*, die Photographinnen
pho|to|gra|phie|ren *(= fotografieren)*, du photographierst, er photographierte, sie hat photographiert

pi

der **Pi|ckel**, die Pickel
pi|cken *(= pecken)*, du pickst, er pickte, sie hat gepickt
das **Pi|ckerl**, die Pickerl(n)
das **Pick|nick**, die Picknicks
piep|sen, es piepst, es piepste, es hat gepiepst
der **Pil|ger**, die Pilger
die **Pil|ge|rin**, die Pilgerinnen
die **Pil|le**, die Pillen
der **Pi|lot**, die Piloten
die **Pi|lo|tin**, die Pilotinnen
der **Pilz**, die Pilze
der **Pin|gu|in**, die Pinguine
pink: eine pinke Hose
die **Pinn|wand**, die Pinnwände
der **Pin|sel**, die Pinsel
die **Pin|zet|te**, die Pinzetten
der **Pi|rat**, die Piraten
die **Pi|ra|tin**, die Piratinnen
die **Pis|te**, die Pisten
die **Pis|to|le**, die Pistolen
die **Piz|za**, die Pizzas *(= Pizzen)*
die **Piz|ze|ria**, die Pizzerien

pl

der **Pla|fond**, die Plafonds
pla|gen, du plagst dich, er plagte sich, sie hat sich geplagt
das **Pla|kat**, die Plakate
der **Plan**, die Pläne

die **Pla|ne**, die Planen
pla|nen, du planst, er plante, sie hat geplant
der **Pla|net**, die Planeten
plan|schen *(= plantschen)*, *du plansch(s)t*, er planschte, sie hat geplanscht
plant|schen *(= planschen)*, du plantsch(s)t, er plantschte, sie hat geplantscht
das **Plas|tik**; die Plastikfolie
das **Plas|ti|lin**
plät|schern, es plätschert, es plätscherte, es hat / ist geplätschert
die **Plat|te**, die Platten
die **Platt|form**, die Plattformen
der **Platz**, die Plätze
plat|zen, es platzt, es platzte, es ist geplatzt
plat|zie|ren, du platzierst, er platzierte, sie hat platziert
plau|dern, ich plaudere, du plauderst, er plauderte, sie hat geplaudert
das **Play-back** *(= Playback)*, die Play-backs
das **Play|back** *(= Play-back)*, die Playbacks
die **Play Sta|tion** *(= Playstation)*, die Play Stations
die **Play|sta|tion** *(= Play Station)*, die Playstations
die **Plom|be**, die Plomben
plötz|lich
plump|sen, du plumpst, er plumpste, sie ist geplumpst
plün|dern, du plünderst, er plünderte, sie hat geplündert
plus

po

der **Po|kal**, die Pokale
der **Pol**, die Pole
der **Po|le**, die Polen
Po|len
die **Po|lin**, die Polinnen
die **Po|li|tik**
der **Po|li|ti|ker**, die Politiker
die **Po|li|ti|ke|rin**, die Politikerinnen
die **Po|li|zei**
der **Po|li|zist**, die Polizisten
die **Po|li|zis|tin**, die Polizistinnen

A B C D E F G H I J K L M N O P Q R S T U V W X Y Z

pol|nisch: ein polnisches Kind
der **Pols|ter**, die Pölster *(= Polster)*
die **Pom|mes frites**
das **Po|ny**, die Ponys
der **Pool**, die Pools; Swimmingpool
der **Pop**; die Popmusik
das **Pop|corn**
die **Po|re**, die Poren
der **Por|tier**, die Portiere
die **Por|ti|on**, die Portionen
das **Por|to**, die Portos *(= Porti)*
Por|tu|gal
der **Por|tu|gie|se**, die Portugiesen
die **Por|tu|gie|sin**, die Portugiesinnen
die **Po|sau|ne**, die Posaunen
po|si|tiv: eine positive Bestätigung
die **Post**
der / das **Pos|ter**, die Poster
der **Post|kas|ten**, die Postkästen
die **Power**
der **Po|widl**

pr

die **Pracht**
präch|tig
das **Prä|di|kat**, die Prädikate
prah|len, du prahlst, er prahlte, sie hat geprahlt
prak|tisch
die **Pran|ke**, die Pranken
die **Prä|rie**, die Prärien
der **Prä|si|dent**, die Präsidenten
die **Prä|si|den|tin**, die Präsidentinnen
pras|seln, es prasselt, es prasselte, es ist / hat geprasselt
das **Prä|te|ri|tum**
die **Pra|xis**, die Praxen
pre|di|gen, du predigst, er predigte, sie hat gepredigt
die **Pre|digt**, die Predigten
der **Preis**, die Preise
die **Prei|sel|bee|re**, die Preiselbeeren
preis|wert
prel|len, du prellst dir den Fuß, er prellte sich, sie hat sich geprellt
die **Prel|lung**, die Prellungen
die **Pres|se**
pres|sen, du presst, er presste, sie hat gepresst
der **Pries|ter**, die Priester
die **Pries|te|rin**, die Priesterinnen
die **Pri|mel**, die Primeln
der **Prinz**, die Prinzen
die **Prin|zes|sin**, die Prinzessinnen
pri|vat
die **Pro|be**, die Proben

pro|ben, du probst, er probte, sie hat geprobt
pro|bie|ren, du probierst, er probierte, sie hat probiert
das Pro|b|lem, die Probleme
das Pro|dukt, die Produkte; produzieren
der Pro|fes|sor, die Professoren
die Pro|fes|so|rin, die Professorinnen
der Pro|fi, die Profis
das Pro|gramm, die Programme
das Pro|jekt, die Projekte
die Pro|me|na|de, die Promenaden
der Pro|pel|ler, die Propeller
der Pros|pekt, die Prospekte
der Pro|test, die Proteste
der Pro|tes|tant, die Protestanten
die Pro|tes|tan|tin, die Protestantinnen
pro|tes|tie|ren, du protestierst, er protestierte, sie hat protestiert
der Pro|vi|ant
das Pro|zent, die Prozente
der Pro|zess, die Prozesse
die Pro|zes|si|on, die Prozessionen
prü|fen, du prüfst, er prüfte, sie hat geprüft
die Prü|fung, die Prüfungen
der Prü|gel, die Prügel

pu

das Pu|b|li|kum
der Pud|ding, die Puddinge *(= Puddings)*
der Pu|del, die Pudel
das / der Pu|der, die Puder
der Pul|li, die Pullis
der Pul|lo|ver, die Pullover
der Puls; der Pulsschlag
die Puls|ader
das Pul|ver, die Pulver
der Pul|ver|schnee
die Pum|pe, die Pumpen
pum|pen, du pumpst, er pumpte, sie hat gepumpt
der Punkt, die Punkte
pünkt|lich
die Pünkt|lich|keit
die Pu|pil|le, die Pupillen
die Pup|pe, die Puppen
das Pü|ree
der Pur|zel|baum
pur|zeln, du purzelst, er purzelte, sie ist gepurzelt
put|zen, du putzt, er putzte, sie hat geputzt
die Put|ze|rei, die Putzereien
das Puzz|le, die Puzzles

py

der Py|ja|ma, die Pyjamas
die Py|ra|mi|de, die Pyramiden

A B C D E F G H I J K L M N O P Q R S T U V W X Y Z

qua

das **Qua|d|rat**, die Quadrate
qua|dra|tisch
qua|ken, der Frosch quakt, er quakte, er hat gequakt
die **Qual**, die Qualen
quä|len, du quälst, er quälte, sie hat gequält
die **Qua|li|tät**, die Qualitäten; qualitativ
die **Qual|le**, die Quallen
der **Qualm**
qual|men, es qualmt, es qualmte, es hat gequalmt
qual|voll
der **Quar|gel**, die Quargel(n)
das **Quar|tett**, die Quartette
das **Quar|tier**, die Quartiere
die **Quas|te**, die Quasten
quat|schen, du quatsch(s)t, er quatschte, sie hat gequatscht

que

das **Queck|sil|ber**
die **Quel|le**, die Quellen
quel|len, es quillt, es quoll, es ist gequollen
quer: quer gestreift; kreuz und quer
die **Quer|flö|te**, die Querflöten
der **Quer|schnitt**, die Querschnitte
quet|schen, du quetsch(s)t, er quetschte, sie hat gequetscht
die **Quet|schung**, die Quetschungen

qui

quie|ken, das Schwein quiekt, es quiekte, es hat gequiekt
quiet|schen, du quietsch(s)t, er quietschte, sie hat gequietscht
es **quillt** → quellen
der **Quirl**, die Quirle
quitt: wir sind quitt
quir|lig
die **Quit|te**, die Quitten
der / das **Quiz**, die Quiz

quo

quoll → quellen
der **Quo|ti|ent**, die Quotienten

ra

der **Ra|be**, die Raben
ra|ben|schwarz
die **Ra|che**
der **Ra|chen**, die Rachen
rä|chen, du rächst dich, er rächte sich, sie hat sich gerächt
das **Rad**, die Räder; Rad fahren, du fährst Rad
das **Ra|dar**, die Radars
der **Rad|fah|rer**, die Radfahrer
die **Rad|fah|re|rin**, die Radfahrerinnen
ra|die|ren, du radierst, er radierte, sie hat radiert
der **Ra|dier|gum|mi**, die Radiergummis
das **Ra|dies|chen**, die Radieschen
das **Ra|dio**, die Radios
der **Rad|weg**, die Radwege
der **Rahm**
der **Rah|men**, die Rahmen
raf|fi|niert
die **Ra|ke|te**, die Raketen
die **Ral|lye**, die Rallyes
der **Ra|ma|dan**
die **Ram|pe**, die Rampen
der **Rand**, die Ränder
es **rann** → rinnen
ich **rann|te** → rennen
ran|zig: ranzige Butter
der **Raps**
rar: rare Obstsorten
rasch
ra|scheln, ich raschle, du raschelst, er raschelte, sie hat geraschelt
ra|sen, du rast, er raste, sie ist gerast
der **Ra|sen**, die Rasen
der **Ra|sen|mä|her**
ra|sie|ren, du rasierst dich, er rasierte sich, sie hat sich rasiert
die **Ras|se**, die Rassen
die **Ras|sel**, die Rasseln
ras|seln, ich rassle, du rasselst, er rasselte, sie hat gerasselt
die **Rast**; eine Rast machen,
der **Rastplatz**; die Raststation
ras|ten, du rastest, er rastete, sie hat gerastet
der **Rat**, die Ratschläge
die **Ra|te**, die Raten; die Ratenzahlung
ra|ten, du rätst, er riet, sie hat geraten
das **Rat|haus**, die Rathäuser
die **Rat|sche**, die Ratschen
das **Rät|sel**, die Rätsel; das Rätselraten
die **Rat|te**, die Ratten
rat|tern, es rattert, es ratterte, es hat / ist gerattert
rau
der **Raub**, das Raubtier

A B C D E F G H I J K L M N O P Q R S T U V W X Y Z

rau|ben, du raubst, er raubte, sie hat geraubt

der **Räu|ber**, die Räuber

die **Räu|be|rin**, die Räuberinnen

der **Rauch**

rau|chen, du rauchst, er rauchte, sie hat geraucht

räu|chern, du räucherst, er räucherte, sie hat geräuchert

der **Rauch|fang**, die Rauchfänge

der **Rauch|fang|keh|rer**, die Rauchfangkehrer

die **Rauch|fang|keh|re|rin**, die Rauchfangkehrerinnen

rau|fen, du raufst, er raufte, sie hat gerauft

die **Rau|fe|rei**, die Raufereien

der **Raum**, die Räume

räu|men, du räumst, er räumte, sie hat geräumt

der **Raum|fah|rer**, die Raumfahrer

die **Raum|fah|re|rin**, die Raumfahrerinnen

die **Raum|fahrt**, die Raumfahrten

das **Raum|schiff**, die Raumschiffe

die **Rau|pe**, die Raupen

der **Rausch**, die Räusche

rau|schen, es rauscht, es rauschte, es hat gerauscht

sich **räus|pern**, du räusperst dich, er räusperte sich, sie hat sich geräuspert

re

re|a|gie|ren, du reagierst, er reagierte, sie hat reagiert

die **Re|ak|ti|on**, die Reaktionen

die **Re|be**, die Reben

rech|en, du rechst das Heu, er rechte, sie hat gerecht

der **Re|chen**, die Rechen

rech|nen, du rechnest, er rechnete, sie hat gerechnet

die **Rech|nung**, die Rechnungen

recht: recht *(= Recht)* haben; das ist mir recht

das **Recht**, die Rechte; Recht *(= recht)* haben

rech|te: die rechte Hand

das **Recht|eck**, die Rechtecke

recht|eckig

rechts

der **Rechts|an|walt**, die Rechtsanwälte

die **Rechts|an|wäl|tin**, die Rechtsanwältinnen

der **Rechts|hän|der**, die Rechtshänder

die **Rechts|hän|de|rin**, die Rechtshänderinnen

recht|schrei|ben, du kannst gut rechtschreiben, er konnte rechtschreiben, sie hat rechtschreiben gekonnt *(= können)*
die **Recht|schrei|bung**
recht|zei|tig
das **Reck**, die Recke
der **Re|cor|der** *(= Rekorder)*, die Recorder
re|cy|celn; du recycelst *(= recyclest)*, er recycelte *(= recyclete)*, sie hat recycelt *(= recyclte)*; recycelbar
das **Re|cy|c|ling**
die **Re|de**, die Reden
re|den, du redest, er redete, sie hat geredet
der **Red|ner**, die Redner
die **Red|ne|rin**, die Rednerinnen
die **Re|form**, die Reformen; reformieren
der **Re|frain**, die Refrains
das **Re|gal**, die Regale
die **Re|gel**, die Regeln
re|gel|mä|ßig
re|geln, ich regle, du regelst, er regelte, sie hat geregelt
der **Re|gen**; das Regenwetter
der **Re|gen|bo|gen**
der **Re|gen|schirm**
der **Re|gen|wurm**, die Regenwürmer
die **Re|gie**
re|gie|ren, du regierst, er regierte, sie hat regiert
die **Re|gie|rung**, die Regierungen
die **Re|gi|on**, die Regionen
reg|nen, es regnet, es regnete, es hat geregnet
reg|ne|risch
re|gu|lie|ren, du regulierst, er regulierte, sie hat reguliert
das **Reh**, die Rehe; der Rehbock; das Rehkitz
rei|ben, du reibst, er rieb, sie hat gerieben
rei|bungs|los
reich
rei|chen, es reicht, du reichst, er reichte, sie hat gereicht
der **Reich|tum**, die Reichtümer
reif: reifes Obst
der **Reif**
die **Rei|fe**
der **Rei|fen**, die Reifen
die **Rei|he**, die Reihen
der **Reim**, die Reime
rei|men, du reimst, er reimte, sie hat gereimt
rein: reines Wasser
rei|ni|gen, du reinigst, er reinigte, sie hat gereinigt
die **Rei|ni|gung**, die Reinigungen
der **Reis**; das Reiskorn

A B C D E F G H I J K L M N O P Q R S T U V W X Y Z

die **Rei|se**, die Reisen; das Reisegepäck
das **Rei|se|bü|ro**
der **Rei|se|füh|rer**, die Reiseführer
die **Rei|se|füh|re|rin**, die Reiseführerinnen
rei|sen, du reist, er reiste, sie ist gereist
der **Rei|se|pass**
das **Rei|sig**
rei|ßen, du reißt, er riss, sie hat gerissen
der **Reiß|na|gel**, die Reißnägel
der **Reiß|ver|schluss**, die Reißverschlüsse
rei|ten, du reitest, er ritt, sie ist geritten
der **Rei|ter**, die Reiter
die **Rei|te|rin**, die Reiterinnen
rei|zen, du reizt, er reizte, sie hat gereizt
rei|zend
die **Re|kla|me**, die Reklamen
der **Re|kord**, die Rekorde
der **Re|kor|der** *(= Recorder)*, die Rekorder
die **Re|li|gi|on**, die Religionen
re|li|gi|ös
rem|peln, du rempelst, er rempelte, sie hat gerempelt
ren|nen, du rennst, er rannte, sie ist gerannt
das **Ren|nen**
re|no|vie|ren, du renovierst, er renovierte, sie hat renoviert; die Renovierung
die **Ren|te**, die Renten
das **Ren|tier**, die Rentiere
die **Re|pa|ra|tur**, die Reparaturen
re|pa|rie|ren, du reparierst, er reparierte, sie hat repariert
der **Re|por|ter**, die Reporter
die **Re|por|te|rin**, die Reporterinnen
die **Re|pu|b|lik**, die Republiken
die **Re|ser|ve**, die Reserven
re|ser|vie|ren, du reservierst, er reservierte, sie hat reserviert; die Reservierung
der **Re|s|pekt**
re|s|pek|tie|ren, du respektierst, er respektierte, sie hat respektiert
der **Rest**, die Reste
das **Re|s|tau|rant**, die Restaurants
re|tour
ret|ten, du rettest, er rettete, sie hat gerettet
der **Ret|ter**, die Retter
die **Ret|te|rin**, die Retterinnen
der **Ret|tich**, die Rettiche
die **Ret|tung**, die Rettungen
die **Reue**

reu|mü|tig
das **Re|vier**, die Reviere
die **Re|vo|lu|ti|on**, die Revolutionen
der **Re|vol|ver**, die Revolver
das **Re|zept**, die Rezepte

rh

der **Rha|bar|ber**
der **Rhyth|mus**, die Rhythmen
rhyth|misch

ri

die **Ri|bi|sel**, die Ribiseln
der **Rich|ter**, die Richter
die **Rich|te|rin**, die Richterinnen
rich|tig
die **Rich|tung**, die Richtungen
er **rieb** → reiben
rie|chen, du riechst, er roch, sie hat gerochen
sie **rief** → rufen
der **Rie|gel**, die Riegel
der **Rie|se**, die Riesen
rie|seln, es rieselt, es rieselte, es hat gerieselt
rie|sen|groß
rie|sig
ich **riet** → raten
das **Rind**, die Rinder
die **Rin|de**, die Rinden
der **Ring**, die Ringe

die **Rin|gel|nat|ter**, die Ringelnattern
das **Rin|gel|spiel**
die **Rin|ne**, die Rinnen
rin|nen, es rinnt, es rann, es ist geronnen
die **Rip|pe**, die Rippen
das **Ri|si|ko**, die Risiken
ris|kie|ren, du riskierst, er riskierte, sie hat riskiert
es **riss** → reißen
der **Riss**, die Risse
er **ritt** → reiten
der **Rit|ter**, die Ritter
die **Rit|ze**, die Ritzen
rit|zen, du ritzt, er ritzte, sie hat geritzt

ro

die **Rob|be**, die Robben
der **Ro|bo|ter**, die Roboter
ich **roch** → riechen
der **Rock**, die Röcke
die **Rock|mu|sik**
die **Ro|del**, die Rodeln
ro|deln, ich rodle, du rodelst, er rodelte, sie ist / hat gerodelt
der **Rog|gen**, das Roggenbrot
roh: rohes Fleisch
der **Roh|bau**, die Rohbauten
die **Roh|kost**
das **Rohr**, die Rohre
die **Röh|re**, die Röhren

die **Rol|le**, die Rollen

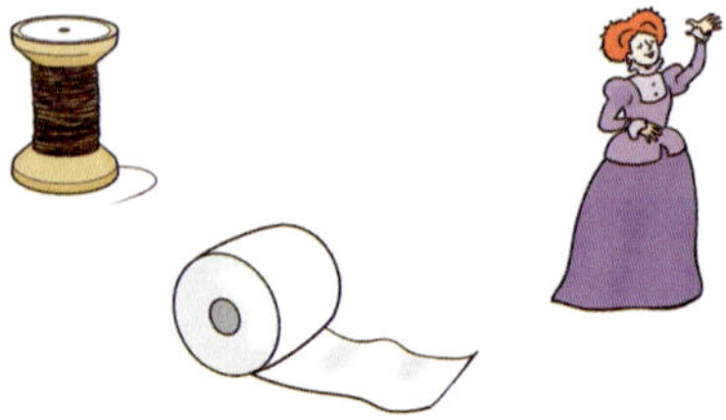

rol|len, du rollst, er rollte, sie hat / ist gerollt
der **Rol|ler**, die Roller
der **Rol|ler|bla|de**, die Rollerblades
der **Rol|ler|ska|te**, die Rollerskates
das **Rol|lo**, die Rollos
der **Roll|stuhl**, die Rollstühle
die **Roll|trep|pe**
der **Rom**, die Roma
der **Ro|man**, die Romane
ro|man|tisch
ro|sa
die **Ro|se**, die Rosen
die **Ro|si|ne**, die Rosinen
das **Ross**, die Rösser *(= Rosse)*
der **Rost**; das Rostschutzmittel

der **Rost** (Grillrost), die Roste
ros|ten, es rostet, es rostete, es hat / ist gerostet
rös|ten, du röstest, er röstete, sie hat geröstet
ros|tig
rot, roter *(= röter)*, am rotesten *(= rötesten)*: die Farbe Rot; das Rote Kreuz
die **Rö|teln** *(Mz.)*
röt|lich
der **Row|dy**, die Rowdys

ru

rub|beln, du rubbelst, er rubbelte, sie hat gerubbelt
die **Rü|be**, die Rüben
rü|cken, du rückst, er rückte, sie hat / ist gerückt
der **Rü|cken**, die Rücken
die **Rück|fahrt**, die Rückfahrten
die **Rück|kehr**
das **Rück|licht**, die Rücklichter
der **Ruck|sack**, die Rucksäcke
die **Rück|sei|te**, die Rückseiten
die **Rück|sicht**
rück|sichts|los
rück|sichts|voll
der **Rück|sitz**
rück|wärts; rückwärtsgehen
das **Ru|del**, die Rudel
das **Ru|der**, die Ruder
ru|dern, du ruderst, er ruderte, sie hat / ist gerudert
der **Ruf**, die Rufe; einen guten Ruf haben
ru|fen, du rufst, er rief, sie hat gerufen
das **Ruf|zei|chen**, die Rufzeichen
die **Ru|he**

ru|hen, du ruhst, er ruhte, sie hat geruht

ru|hig

der **Ruhm**

rüh|ren, du rührst, er rührte, sie hat gerührt

die **Ru|i|ne**, die Ruinen

ru|i|nie|ren, du ruinierst, er ruinierte, sie hat ruiniert

der **Ru|mä|ne**, die Rumänen

Ru|mä|ni|en

die **Ru|mä|nin**, die Rumäninnen

ru|mä|nisch: ein rumänisches Lied

rum|peln, es rumpelt, es rumpelte, es hat gerumpelt

der **Rumpf**, die Rümpfe

rümp|fen, du rümpfst, er rümpfte, sie hat gerümpft

rund: ein runder Tisch

die **Run|de**, die Runden; die Rundfahrt

der **Rund|funk**

der **Rund|gang**

rund|lich

run|zeln, du runzelst, er runzelte, sie hat gerunzelt

rup|fen, du rupfst, er rupfte, sie hat gerupft

die **Rü|sche**, die Rüschen

der **Ruß**; rußig

der **Rus|se**, die Russen

der **Rüs|sel**, die Rüssel

die **Rus|sin**, die Russinnen

rus|sisch: russische Musik

Russ|land

die **Rüs|tung**, die Rüstungen

die **Ru|te**, die Ruten

die **Rut|sche**, die Rutschen

rut|schen, du rutsch(s)t, er rutschte, sie ist gerutscht

rut|schig

rüt|teln, ich rüttle, du rüttelst, er rüttelte, sie hat gerüttelt

sa

der **Saal**, die Säle
die **Saat**, die Saaten
die **Sa|che**, die Sachen
sach|lich
der **Sack**, die Säcke
sä|en, du säst, er säte, sie hat gesät
der **Saft**, die Säfte
saf|tig: eine saftige Birne
die **Sa|ge**, die Sagen
die **Sä|ge**, die Sägen
sa|gen, du sagst, er sagte, sie hat gesagt
sä|gen, du sägst, er sägte, sie hat gesägt
sie **sah** → sehen
die **Sai|son**, die Saisonen
die **Sai|te** *(Instrument)*, die Saiten der Gitarre

das **Sa|k|ra|ment**, die Sakramente
der **Sa|la|man|der**, die Salamander
die **Sa|la|mi**, die Salamis
der **Sa|lat**, die Salate
die **Sal|be**, die Salben
der **Sal|to**, die Saltos *(= Salti)*
das **Salz**, die Salze
Salz|burg
sal|zen, du salzt, er salzte, sie hat gesalzen
sal|zig
das **Salz|stan|gerl**, die Salzstangerl(n)
der **Sa|me** *(= Samen)*, die Samen
sam|meln, ich sammle, du sammelst, er sammelte, sie hat gesammelt
die **Samm|lung**, die Sammlungen
der **Sams|tag**, die Samstage; am Samstagabend
sams|tags
samt
der **Samt**; samtig
sämt|lich: sämtliche Lehrer
das **Sa|na|to|ri|um**
der **Sand**; die Sandkiste
die **San|da|le**, die Sandalen
ich **sand|te** → senden
die **Sand|uhr**, die Sanduhren
das **Sand|wich**, die Sandwiche/s
sanft
er **sang** → singen
der **Sän|ger**, die Sänger
die **Sän|ge|rin**, die Sängerinnen
der **Sa|ni|tä|ter**, die Sanitäter
die **Sa|ni|tä|te|rin**, die Sanitäterinnen
sie **sank** → sinken
Sankt Pöl|ten
die **Sar|del|le**, die Sardellen

die **Sar|di|ne**, die Sardinen
der **Sarg**, die Särge
er **saß** → sitzen
der **Sa|tel|lit**, die Satelliten
satt
der **Sat|tel**
der **Sa|turn**
der **Satz**, die Sätze
das **Satz|zei|chen**, die Satzzeichen
die **Sau**, die Säue
sau|ber
die **Sau|ber|keit**
säu|bern, du säuberst, er säuberte, sie hat gesäubert
die **Sau|ce** *(= Soß, Soße)*, die Saucen
sau|er
säu|er|lich
der **Sau|er|stoff**
sau|gen, du saugst, er sog *(= saugte)*, sie hat gesogen *(= gesaugt)*
das **Säu|ge|tier**, die Säugetiere; säugen
der **Säug|ling**, die Säuglinge
die **Säu|le**, die Säulen
der **Saum**, die Säume
die **Sau|na**, die Saunas *(= Saunen)*
die **Säu|re**, die Säuren
der **Sau|ri|er**, die Saurier
säu|seln, ich säusle, du säuselst, er säuselte, sie hat gesäuselt
sau|sen, du saust, er sauste, sie ist gesaust
das **Sa|xo|fon** *(= Saxophon)*, die Saxofone

sb

die **S-Bahn** *(Schnellbahn)*, die S-Bahnen

sc

scan|nen, du scannst, er scannte, sie hat gescannt
der **Scan|ner**, die Scanner

sch

schä|big
die **Scha|b|lo|ne**, die Schablonen
das **Schach**, das Schachbrett
schach|matt
der **Schacht**, die Schächte
die **Schach|tel**, die Schachteln
scha|de
scha|den, du schadest, er schadet, sie hat geschadet
der **Schä|del**, die Schädel
der **Scha|den**, die Schäden
scha|den|froh
schäd|lich
der **Schäd|ling**, die Schädlinge
das **Schaf**, die Schafe
der **Schä|fer**, die Schäfer
der **Schä|fer|hund**

die **Schä|fe|rin**,
die Schäferinnen
schaf|fen, du schaffst es, er schaffte es, sie hat es geschafft
der **Schaff|ner**, die Schaffner
die **Schaff|ne|rin**,
die Schaffnerinnen
der **Schal**, die Schale *(= Schals)*
die **Scha|le**, die Schalen

schä|len, du schälst, er schälte, sie hat geschält
schal|len, es schallt, es schallte, es hat geschallt
die **Schall|plat|te**
schal|ten, du schaltest, er schaltete, sie hat geschaltet
der **Schal|ter**,
die Schalter

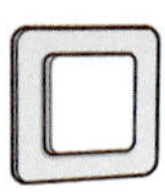

die **Scham**
sich **schä|men**, du schämst dich, er schämte sich, sie hat sich geschämt
die **Schan|de**
die **Schan|ze**, die Schanzen
die **Schar**, die Scharen
scharf, schärfer, am schärfsten
die **Schär|fe**; schärfen

der **Schar|lach**
der **Schat|ten**, die Schatten
schat|tig
der **Schatz**, die Schätze
schät|zen, du schätzt, er schätzte, sie hat geschätzt
schau|en, du schaust, er schaute, sie hat geschaut
die **Schau|fel**, die Schaufeln
schau|feln, ich schaufle, du schaufelst, er schaufelte, sie hat geschaufelt
das **Schau|fens|ter**,
die Schaufenster
die **Schau|kel**, die Schaukeln
schau|keln, ich schaukle, du schaukelst, er schaukelte, sie hat / ist geschaukelt
der **Schaum**; schaumig
schäu|men, es schäumt, es schäumte, es hat geschäumt
schau|rig: eine schaurige Geschichte
das **Schau|spiel**, die Schauspiele
der **Schau|spie|ler**,
die Schauspieler
die **Schau|spie|le|rin**,
die Schauspielerinnen
der **Scheck**, die Schecks
die **Schei|be**, die Scheiben

der **Schei|ben|wi|scher**
die **Scheib|tru|he**, die Scheibtruhen
die **Schei|de**, die Scheiden
schei|den, du scheidest, er schied, sie ist geschieden; sich scheiden lassen
die **Schei|dung**, die Scheidungen
der **Schein**, die Scheine
schein|bar
schei|nen, es scheint, es schien, es hat geschienen
der **Schein|wer|fer**, die Scheinwerfer
das **Scheit**, die Scheiter *(= Scheite)*
der **Schei|tel**, die Scheitel
der **Schen|kel**, die Schenkel
schen|ken, du schenkst, er schenkte, sie hat geschenkt
die **Scher|be**, die Scherben
die **Sche|re**, die Scheren
sche|ren, du scherst, er schor *(= scherte), sie hat geschoren (= geschert)*
der **Scherz**, die Scherze
das **Scher|zel**, die Scherzel(n)
scher|zen, du scherzt, er scherzte, sie hat gescherzt
scherz|haft
scheu: ein scheues Reh
scheu|chen, du scheuchst, er scheuchte, sie hat gescheucht
scheu|en, das Pferd scheut, es scheute, es hat gescheut
scheu|ern, du scheuerst, er scheuerte, sie hat gescheuert
die **Scheu|ne**, die Scheunen
scheuß|lich
der **Schi** *(= Ski)*, die Schi; Schi fahren, du fährst Schi, er fuhr Schi, sie ist Schi gefahren
die **Schicht**, die Schichten
der **Schicht|ar|bei|ter**, die Schichtarbeiter
die **Schicht|ar|bei|te|rin**, die Schichtarbeiterinnen
die **Schich|te**, die Schichten
schick *(= chic)*
schi|cken, du schickst, er schickte, sie hat geschickt
das **Schick|sal**, die Schicksale
schie|ben, du schiebst, er schob, sie hat geschoben
ich **schied** → scheiden
der **Schieds|rich|ter**, die Schiedsrichter; die Schiedsrichterin
schief
schie|len, du schielst, er schielte, sie hat geschielt
sie **schien** → scheinen

A B C D E F G H I J K L M N O P Q R S T U V W X Y Z

das **Schien|bein**, die Schienbeine
die **Schie|ne**, die Schienen
schie|ßen, du schießt, er schoss, sie hat geschossen
das **Schiff**, die Schiffe
die **Schiff|fahrt**
die **Schi|ka|ne**; schikanieren
das **Schild** *(Verkehrsschild)*, die Schilder

der **Schild** *(Schutzwaffe des Ritters)*, die Schilde

schil|dern, du schilderst, er schilderte, sie hat geschildert
die **Schil|de|rung**, die Schilderungen
die **Schild|krö|te**, die Schildkröten
das **Schilf**, das Schilfrohr
schil|lern, es schillert, es schillerte, es hat geschillert
der **Schil|ling**
der **Schim|mel**, die Schimmel

schimme|lig *(= schimmlig)*
schimm|lig *(= schimmelig)*

der **Schim|pan|se**, die Schimpansen
schimp|fen, du schimpfst, er schimpfte, sie hat geschimpft
das **Schimpf|wort**, die Schimpfwörter
die **Schin|del**, die Schindeln
der **Schin|ken**, die Schinken; die Schinkenfleckerl(n)
der **Schirm**, die Schirme
die **Schlacht**, die Schlachten
schlach|ten, er schlachtet, er schlachtete, sie hat geschlachtet
der **Schlaf**
der **Schlaf|an|zug**, die Schlafanzüge
die **Schlä|fe**, die Schläfen
schla|fen, du schläfst, er schlief, sie hat geschlafen
schläf|rig
der **Schlaf|sack**, die Schlafsäcke
er **schläft** → schlafen
der **Schlag**, die Schläge
schla|gen, du schlägst, er schlug, sie hat geschlagen
der **Schla|ger**, die Schlager
der **Schlä|ger**, die Schläger
die **Schlä|ge|rin**, die Schlägerinnen
die **Schlä|ge|rei**, die Schlägereien
das **Schlag|obers**
sie **schlägt** → schlagen

die **Schlag|zei|le**
das **Schlag|zeug**
der **Schlamm**
schlam|mig
die **Schlam|pe|rei**
schlam|pig
er **schlang** → schlingen
die **Schlan|ge**, die Schlangen
sich **schlän|geln**, ich schlängle mich, du schlängelst dich, er schlängelte sich, sie hat sich geschlängelt
schlank
das **Schla|raf|fen|land**
schlau
der **Schlauch**, die Schläuche
das **Schlauch|boot**
die **Schlau|fe**, die Schlaufen
schlecht
schle|cken, du schleckst, er schleckte, sie hat geschleckt
schlei|chen, du schleichst, er schlich, sie ist geschlichen
der **Schlei|er**, die Schleier
die **Schlei|fe**, die Schleifen
schlei|fen *(Messer, Edelsteine)*, du schleifst, er schliff, sie hat geschliffen
schlei|fen *(Sack)*, du schleifst, er schleifte, sie hat geschleift

der **Schleim**; schleimig
schlen|dern, ich schlendere, du schlenderst, er schlenderte, sie ist geschlendert
schlen|kern, ich schlenkere, du schlenkerst, er schlenkerte, sie hat geschlenkert
schlep|pen, du schleppst, er schleppte, sie hat geschleppt
der **Schlepp|lift**
schleu|dern, du schleuderst, er schleuderte, sie hat geschleudert
die **Schleu|se**, die Schleusen
er **schlich** → schleichen
schlicht
schlich|ten, du schlichtest, er schlichtete, sie hat geschlichtet
er **schlief** → schlafen
schlie|ßen, du schließt, er schloss, sie hat geschlossen
schließ|lich
er **schliff** → schleifen
schlimm
schlin|gen, du schlingst, er schlang, sie hat geschlungen
der **Schlit|ten**, die Schlitten
der **Schlit|ten|hund**, die Schlittenhunde

der **Schlitt|schuh**,
die Schlittschuhe
der **Schlitt|schuh|läu|fer**,
die Schlittschuhläufer
die **Schlitt|schuh|läu|fe|rin**,
die Schlittschuhläuferinnen
der **Schlitz**, die Schlitze
sie **schloss** → schließen
das **Schloss**, die Schlösser

der **Schlos|ser**, die Schlosser
die **Schlos|se|rei**
die **Schlos|se|rin**,
die Schlosserinnen
der **Schloss|geist**
schlot|tern, ich
schlottere, du schlotterst,
er schlotterte,
sie hat geschlottert
die **Schlucht**, die Schluchten
schluch|zen,
du schluchzt, er schluchzte,
sie hat geschluchzt
der **Schluck**, die Schlucke:
zwei Schluck Wasser
schlu|cken, du
schluckst, er schluckte,
sie hat geschluckt
er **schlug** → schlagen

schlum|mern,
ich schlummere,
du schlummerst,
er schlummerte,
sie hat geschlummert
schlüp|fen, du schlüpfst, er
schlüpfte, sie ist geschlüpft
schlür|fen, du schlürfst, er
schlürfte, sie hat geschlürft
der **Schluss**, die Schlüsse
der **Schlüs|sel**, die Schlüssel
schmal, schmäler
(= schmaler), am
schmälsten *(= schmalsten)*
das **Schmalz**
der **Schmar|ren**
schmat|zen, du
schmatzt, er schmatzte,
sie hat geschmatzt
schmau|sen, du
schmaust, er schmauste,
sie hat geschmaust
schme|cken, es
schmeckt, es schmeckte,
es hat geschmeckt
schmei|cheln,
ich schmeichle,
du schmeichelst,
er schmeichelte,
sie hat geschmeichelt
schmei|ßen, du schmeißt,
er schmiss, sie hat
geschmissen
schmel|zen, es schmilzt, es
schmolz, es ist geschmolzen

der **Schmerz**, die Schmerzen
schmerz|haft
schmerz|stil|lend
der **Schmet|ter|ling**, die Schmetterlinge
der **Schmied**, die Schmiede
schmie|den, du schmiedest, er schmiedete, sie hat geschmiedet
die **Schmie|din**, die Schmiedinnen
schmie|gen, du schmiegst, er schmiegte, sie hat geschmiegt
schmie|ren, du schmierst, er schmierte, sie hat geschmiert
schmie|rig
es **schmilzt** → schmelzen
die **Schmin|ke**
schmin|ken, du schminkst dich, er schminkte sich, sie hat sich geschminkt
er **schmiss** → schmeißen
schmol|len, du schmollst, er schmollte, sie hat geschmollt
es **schmolz** → schmelzen
der **Schmuck**
schmü|cken, du schmückst, er schmückte, sie hat sich geschmückt
das **Schmuck|stück**, die Schmuckstücke

schmug|geln, du schmuggelst, er schmuggelte, sie hat geschmuggelt
schmun|zeln, ich schmunzle, du schmunzelst, er schmunzelte, sie hat geschmunzelt
schmu|sen, du schmust, er schmuste, sie hat geschmust
der **Schmutz**
schmut|zig
der **Schna|bel**, die Schnäbel
die **Schnal|le**, die Schnallen

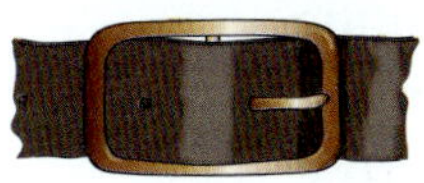
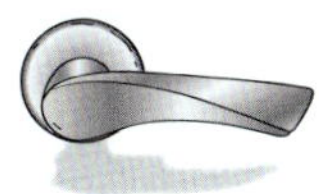

schnal|zen, du schnalzt, er schnalzte, sie hat geschnalzt
schnap|pen, du schnappst, er schnappte, sie hat geschnappt
schnar|chen, du schnarchst, er schnarchte, sie hat geschnarcht
schnat|tern, die Gans schnattert, sie schnatterte, sie hat geschnattert
schnau|ben, das Pferd schnaubt, es schnaubte, es hat geschnaubt
die **Schnau|ze**, die Schnauzen

A B C D E F G H I J K L M N O P Q R S T U V W X Y Z

schnäu|zen, du schnäuzt dich, er schnäuzte sich, sie hat sich geschnäuzt
die **Schne|cke**, die Schnecken
der **Schnee**; der Schneesturm
der **Schnee|ball**, die Schneebälle
die **Schnee|burg**, die Schneeburgen
die **Schnee|flo|cke**, die Schneeflocken
das **Schnee|ge|stö|ber**
das **Schnee|glöck|chen**, die Schneeglöckchen
der **Schnee|mann**
der **Schnee|schuh**, die Schneeschuhe
der **Schnee|sturm**, die Schneestürme
schnee|weiß
schnei|den, du schneidest, er schnitt, sie hat geschnitten
der **Schnei|der**, die Schneider
die **Schnei|de|rin**, die Schneiderinnen
schnei|en, es schneit, es schneite, es hat geschneit
schnell
die **Schnell|bahn** *(S-Bahn)*, die Schnellbahnen
die **Schnel|lig|keit**
der **Schnell|läu|fer**, die Schnellläufer
die **Schnell|läu|fe|rin**, die Schnellläuferinnen
sie **schnitt** → schneiden
der **Schnitt**, die Schnitte
die **Schnit|te**, die Schnitten
der **Schnitt|lauch**
das **Schnit|zel**, die Schnitzel
schnit|zen, du schnitzt, er schnitzte, sie hat geschnitzt
die **Schnit|ze|rei**
der **Schnor|chel**, die Schnorchel
schnor|cheln, ich schnorchle, du schnorchelst, er schnorchelte, sie hat geschnorchelt
schnüf|feln, der Hund schnüffelt, er schnüffelte, er hat geschnüffelt
der **Schnul|ler**, die Schnuller
der **Schnup|fen**
schnup|pern, der Hund schnuppert, er schnupperte, er hat geschnuppert
die **Schnur**, die Schnüre; das Schnurspringen
schnü|ren, du schnürst, er schnürte, sie hat geschnürt
der **Schnurr|bart**, die Schnurrbärte
schnur|ren, die Katze schnurrt, sie schnurrte, sie hat geschnurrt
er **schob** → schieben

der **Schock**, die Schocks
die **Scho|ko|la|de**, die Schokoladen
die **Schol|le**, die Schollen
schon
schön
scho|nen, du schonst ihn, er schonte mich, sie hat ihn geschont
die **Schön|heit**
der **Schopf**, die Schöpfe
schöp|fen, du schöpfst, er schöpfte, sie hat geschöpft
die **Schöp|fung**
er **schor** → scheren
der **Schorn|stein**, die Schornsteine
er **schoss** → schießen
der **Schoß**, die Schöße
der **Schot|ter**
Schott|land
schräg
die **Schram|me**, die Schrammen
der **Schrank**, die Schränke
der **Schran|ken**, die Schranken
die **Schrau|be**, die Schrauben
schrau|ben, du schraubst, er schraubte, sie hat geschraubt
der **Schre|ber|gar|ten**, die Schrebergärten
der **Schreck** *(= Schrecken)*, die Schrecken
der **Schre|cken** *(= Schreck)*, die Schrecken
schreck|lich
der **Schrei**, die Schreie
schrei|ben, du schreibst, er schrieb, sie hat geschrieben
das **Schrei|ben**
der **Schreib|tisch**
schrei|en, du schreist, er schrie, sie hat geschrien
schrei|ten, du schreitest, er schritt, sie ist geschritten
er **schrie** → schreien
sie **schrieb** → schreiben
die **Schrift**, die Schriften
schrift|lich
der **Schrift|stel|ler**, die Schriftsteller
die **Schrift|stel|le|rin**, die Schriftstellerinnen
schrill
die **Schrimps** *(= Shrimps)*
sie **schritt** → schreiten
der **Schritt**, die Schritte; das Schritttempo
schroff
der **Schrott**
schrub|ben, du schrubbst, er schrubbte, sie hat geschrubbt
schrump|fen, es schrumpft, es schrumpfte, es ist geschrumpft
der **Schub|kar|ren**, die Schubkarren
die **Schub|la|de**, die Schubladen

A B C D E F G H I J K L M N O P Q R S T U V W X Y Z

schüch|tern: schüchtern sein
die **Schüch|tern|heit**
der **Schuft**, die Schufte
der **Schuh**, die Schuhe
der **Schuh|ma|cher**, die Schuhmacher
die **Schuh|ma|che|rin**, die Schuhmacherinnen
die **Schuh|soh|le**
das **Schul|buch**, die Schulbücher
schuld: schuld sein
die **Schuld**, die Schulden: Schuld haben
schul|dig
die **Schu|le**, die Schulen
der **Schü|ler**, die Schüler
die **Schü|le|rin**, die Schülerinnen
die **Schul|ta|sche**, die Schultaschen
die **Schul|ter**, die Schultern
der **Schul|weg**, die Schulwege
schum|meln, ich schummle, du schummelst, er schummelte, sie hat geschummelt
schup|fen, du schupfst ihn, er schupfte sie, sie hat mich geschupft
die **Schup|pe**, die Schuppen
der **Schup|pen**, die Schuppen
die **Schür|ze**, die Schürzen
der **Schuss**, die Schüsse
die **Schüs|sel**, die Schüsseln
der **Schus|ter**, die Schuster
die **Schus|te|rin**, die Schusterinnen
der **Schutt**; der Schutthaufen
der **Schüt|tel|frost**
schüt|teln, ich schüttle, du schüttelst, er schüttelte, sie hat geschüttelt
schüt|ten, du schüttest, er schüttete, sie hat geschüttet
der **Schutz**
der **Schüt|ze**, die Schützen
schüt|zen, du schützt, er schützte, sie hat geschützt
die **Schüt|zin**, die Schützinnen
der **Schutz|weg**, die Schutzwege
schwach, schwächer, am schwächsten
die **Schwä|che**, die Schwächen
der **Schwa|ger**, die Schwager *(= Schwäger)*
die **Schwä|ge|rin**, die Schwägerinnen
die **Schwal|be**, die Schwalben
er **schwamm** → schwimmen
der **Schwamm**, die Schwämme
das **Schwam|merl**, die Schwammerl(n)
der **Schwan**, die Schwäne
sie **schwand** → schwinden
er **schwang** → schwingen

schwan|ger;
die Schwangere
die **Schwan|ger|schaft**
schwan|ken, du schwankst, er schwankte, sie hat / ist geschwankt
der **Schwanz**, die Schwänze
schwän|zen, du schwänzt, er schwänzte, sie hat geschwänzt
der **Schwarm**, die Schwärme
schwär|men, du schwärmst, er schwärmte, sie hat geschwärmt
die **Schwar|te**, die Schwarten
schwarz, schwärzer, am schwärzesten:
das Schwarze;
ins Schwarze treffen
schwät|zen, du schwätzt, er schwätzte, sie hat geschwätzt
schwe|ben, du schwebst, er schwebte, sie ist geschwebt
der **Schwe|de**, die Schweden
Schwe|den
die **Schwe|din**, die Schwedinnen
der **Schwe|fel**
der **Schweif**, die Schweife
schwei|gen, du schweigst, er schwieg, sie hat geschwiegen
schweig|sam
das **Schwein**, die Schweine
der **Schweiß**;
der Schweißtropfen
schwei|ßen, du schweißt, er schweißte, sie hat geschweißt
die **Schweiz**
der **Schwei|zer**, die Schweizer
die **Schwei|ze|rin**, die Schweizerinnen
schwei|ze|risch
schwel|len, es schwillt, es schwoll, es ist geschwollen
die **Schwel|lung**
schwem|men, du schwemmst, er schwemmte, sie hat geschwemmt
schwen|ken, du schwenkst, er schwenkte, sie hat / ist geschwenkt
schwer
schwer|hö|rig
das **Schwert**, die Schwerter
die **Schwes|ter**, die Schwestern
ich **schwieg** → schweigen
schwie|rig
die **Schwie|rig|keit**, die Schwierigkeiten
er **schwillt** → schwellen
das **Schwimm|bad**, die Schwimmbäder
das **Schwimm|be|cken**

A B C D E F G H I J K L M N O P Q R S T U V W X Y Z

schwim|men, du schwimmst, er schwamm, sie ist geschwommen
der **Schwim|mer**, die Schwimmer
die **Schwim|me|rin**, die Schwimmerinnen
der **Schwimm|leh|rer**, die Schwimmlehrer
die **Schwimm|leh|re|rin**, die Schwimmlehrerinnen
der **Schwin|del**
schwin|deln, ich schwindle, du schwindelst, er schwindelte, sie hat geschwindelt
schwin|den, es schwindet, es schwand, es ist geschwunden
schwind|lig
schwin|gen, du schwingst, er schwang, sie hat geschwungen
die **Schwin|gung**, die Schwingungen
schwir|ren, die Mücke schwirrt, sie schwirrte, sie hat / ist geschwirrt
schwit|zen, du schwitzt, er schwitzte, sie hat geschwitzt
es **schwoll** → schwellen
sie **schwor** → schwören
schwö|ren, du schwörst, er schwor, sie hat geschworen
schwül
die **Schwü|le**
der **Schwung**, die Schwünge
schwung|voll
der **Schwur**, die Schwüre

se

sechs: die Nummer Sechs
der **Sech|ser**; der Sechste
sechs|hun|dert
sechs|mal: sechsmal (6-mal) springen
sech|zehn
sech|zig
der **See**, die Seen
die **See** *(das Meer)*
die **See|le**, die Seelen
der **See|lö|we**, die Seelöwen
der **See|stern**, die Seesterne
das **Se|gel**, die Segel
se|geln, ich segle, du segelst, er segelte, sie hat / ist gesegelt
der **Se|gen**
seg|nen, du segnest, er segnete, sie hat gesegnet; die Segnung
se|hen, du siehst, er sah, sie hat gesehen
die **Se|hens|wür|dig|keit**, die Sehenswürdigkeiten
die **Seh|ne**, die Sehnen
sich **seh|nen**, du sehnst dich nach den Ferien, er sehnte sich, sie hat sich gesehnt

die **Sehn|sucht**, die Sehnsüchte
sehn|süch|tig
sehr
das **Sehr gut**
der **Seh|test**
sei: Sei bitte still!
seicht
ihr **seid** → sein
die **Sei|de**, der Seidenschal
sei|dig
die **Sei|fe**, die Seifen
das **Seil**, die Seile
die **Seil|bahn**, die Seilbahnen
der **Seil|tän|zer**, die Seiltänzer
die **Seil|tän|ze|rin**, die Seiltänzerinnen
sein, ich bin, du bist, er ist, sie sind, ihr seid, sie sind; du warst, er war, sie ist gewesen
sein: sein Bruder, seine Schwester
seit: seit gestern; seit einer Stunde
die **Sei|te**, die Seiten *(eines Buches)*

der **Se|kre|tär**, die Sekretäre
die **Se|kre|tä|rin**, die Sekretärinnen
der **Sekt**; die Sektflasche
die **Sek|te**, die Sekten
die **Se|kun|de**, die Sekunden
se|kun|den|lang
sel|ber: vieles selber machen
selbst: ein selbst gebackener *(= selbstgebackener)* Kuchen
selb|stän|dig *(= selbstständig)*
die **Selb|stän|dig|keit** *(= Selbstständigkeit)*
selbst|be|wusst
das **Selbst|be|wusst|sein**
der **Selbst|laut**, die Selbstlaute
selbst|stän|dig *(= selbständig)*
die **Selbst|stän|dig|keit** *(= Selbständigkeit)*
selbst|ver|ständ|lich
das **Selbst|ver|trau|en**
das **Selbst|wert|ge|fühl**
die / der **Sel|le|rie**
sel|ten
die **Sel|ten|heit**
selt|sam
das **Se|mes|ter**, die Semester
die **Se|mes|ter|fe|ri|en**
die **Sem|mel**, die Semmeln
sen|den *(Brief)*, du sendest, er sandte, sie hat gesandt
sen|den *(Fernsehen, Radio)*, es sendete, es hat gesendet

A B C D E F G H I J K L M N O P Q R S T U V W X Y Z

die **Sen|dung**, die Sendungen
der **Senf**; die Senfkörner
sen|ken, du senkst den Kopf, er senkte den Kopf, sie hat den Kopf gesenkt
senk|recht
die **Sen|sa|ti|on**, die Sensationen
sen|sa|tio|nell
sen|si|bel: ein sensibler Mensch; sensibel reagieren
die **Sen|se**, die Sensen
der **Sep|tem|ber**
der **Ser|be**, die Serben
Ser|bi|en
die **Ser|bin**, die Serbinnen
ser|bisch
die **Se|rie**, die Serien
die **Ser|pen|ti|ne**, die Serpentinen
das **Ser|vice**
ser|vie|ren, du servierst, er servierte, sie hat serviert
der **Ser|vie|rer**, die Servierer
die **Ser|vie|re|rin**, die Serviererinnen
die **Ser|vi|et|te**, die Servietten
ser|vus
der **Ses|sel**, die Sessel
set|zen, du setzt dich, er setzte sich, sie hat sich gesetzt
die **Seu|che**, die Seuchen
seuf|zen, du seufzt, er seufzte, sie hat geseufzt
der **Seuf|zer**
die **Se|xu|a|li|tät**

sh

das **Sham|poo**, die Shampoos
der **She|riff**, die Sheriffs
die **Shorts**
die **Show**, die Shows
der **Show|mas|ter**, die Showmaster
die **Show|mas|te|rin**, die Showmasterinnen
die **Shrimps** *(= Schrimps)*

si

sich: Er kämmt sich.
die **Si|chel**, die Sicheln
si|cher
die **Si|cher|heit**
sicht|bar
si|ckern, es sickert, es sickerte, es ist gesickert
sie: Sie geht. Ich besuche sie.
Sie: Wie heißen Sie?
das **Sieb**, die Siebe
sie|ben, du siebst, er siebte, sie hat gesiebt
sie|ben: die Nummer Sieben
der **Sie|be|ner**; der Siebente
sie|ben|hun|dert
sie|ben|mal: siebenmal (7-mal) rufen

sieb|zehn
sieb|zig
sie|deln, ich siedle, du siedelst, er siedelte, sie hat gesiedelt
sie|den, das Wasser siedet, es sott *(= siedete)*, es hat gesotten *(= gesiedet)*
sie|dend: siedend heiß
der Sied|ler, die Siedler
die Sied|le|rin, die Siedlerinnen
die Sied|lung, die Siedlungen
der Sieg, die Siege
sie|gen, du siegst, er siegte, sie hat gesiegt
der Sie|ger, die Sieger
die Sie|ger|eh|rung
die Sie|ge|rin, die Siegerinnen
sie sieht → sehen
das Si|g|nal, die Signale
die Sil|be, die Silben
die Sil|ben|tren|nung
das Sil|ber
sil|bern
der Si|lo, die Silos
der Sil|ves|ter
wir sind → sein
sin|gen, du singst, er sang, sie hat gesungen
sin|ken, es sinkt, es sank, es ist gesunken
der Sinn, die Sinne
das Sin|nes|or|gan, die Sinnesorgane
sinn|los
sinn|voll
der Sin|to, die Sinti
die Si|re|ne, die Sirenen
der Si|rup, die Sirupe
die Sit|te, die Sitten
die Si|tu|a|ti|on, die Situationen
der Sitz, die Sitze
sit|zen, du sitzt, er saß, sie ist gesessen
der Sitz|platz, die Sitzplätze

sk

die Ska|la, die Skalen
der Skan|dal, die Skandale
das Skate|board, die Skateboards
das Ske|lett, die Skelette
der Ski *(= Schi)*, die Ski *(= Skier)*; Ski fahren, du fährst Ski, er fuhr Ski, sie ist Ski gefahren
der Ski|fah|rer, die Skifahrer
die Ski|fah|re|rin, die Skifahrerinnen
die Skiz|ze, die Skizzen

sl

der Sla|lom, die Slaloms
der Slip, die Slips
der Slo|wa|ke, die Slowaken
die Slo|wa|kei
die Slo|wa|kin, die Slowakinnen
slo|wa|kisch: ein slowakisches Kind
der Slo|we|ne, die Slowenen

A B C D E F G H I J K L M N O P Q R S T U V W X Y Z

Slo|we|ni|en
die **Slo|we|nin**, die Sloweninnen
slo|we|nisch: eine slowenische Küstenstadt

sm

der **Smog**, die Smogs; der Smogalarm
das / die **SMS**, die SMS *(Short Message Service)*; eine SMS verschicken

sn

das **Snow|board**, die Snowboards

so

so: so bald wie möglich
so|bald: Ich gehe, sobald ich fertig bin.
der **So|cken**, die Socken
so dass *(= sodass)*
so|dass *(= so dass): Es regnet, sodass (= so dass)* ihr zu Hause bleiben müsst.
das **So|da|was|ser**
das **So|fa**, die Sofas
so|fort
die **Soft|ware**
ich **sog** → saugen
so|gar
so|gleich
die **Soh|le**, die Sohlen
der **Sohn**, die Söhne
sol|che, solcher, solches
der **Sol|dat**, die Soldaten
die **Sol|da|tin**, die Soldatinnen
sol|len, ich soll, er sollte, sie hätte kommen sollen
der **Som|mer**, die Sommer; die Sommerferien
som|mer|lich
die **Som|mer|spros|sen** *(Mz.)*
das **Son|der|an|ge|bot**
son|der|bar
son|dern: nicht heute, sondern morgen
die **Son|der|schu|le**, die Sonderschulen
der **Song**, die Songs
die **Son|ne**, die Sonnen; die Sonnenblume
sich **son|nen**, du sonnst dich, er sonnte sich, sie hat sich gesonnt
der **Son|nen|brand**
der **Son|nen|schirm**, die Sonnenschirme
son|nig
der **Sonn|tag**, die Sonntage; am Sonntagabend
sonn|tags
sonst
so|oft: Ruf mich an, sooft du willst!
die **Sor|ge**, die Sorgen

sor|gen, du sorgst dich, er sorgte sich, sie hat sich gesorgt
sorg|fäl|tig
die Sor|te, die Sorten
sor|tie|ren, du sortierst, er sortierte, sie hat sortiert
die Soß *(= Soße, Sauce)*, die Soßen
es sott → sieden
das Sou|ve|nir, die Souvenirs
so|viel: Soviel ich weiß, ist er nicht zuhause.
so|wie: Sowie ich etwas brauche, melde ich mich. Mama sowie Papa sind zuhause.
so|wohl: sowohl die Väter als auch die Mütter
so|zi|al

sp

die Spach|tel; spachteln
der Spa|gat, die Spagate
die Spa|get|ti *(= Spaghetti)* *(Mz.)*
die Spa|ghet|ti *(= Spagetti)* *(Mz.)*
der Spalt; spalten
die Spal|te, die Spalten
der Span *(Holzspan)*, die Späne *(beim Hobeln)*
die Span|ge, die Spangen
Spa|ni|en
sie spann → spinnen
span|nen, du spannst, er spannte, sie hat gespannt
span|nend: ein spannendes Buch
die Span|nung, die Spannungen
spa|ren, du sparst, er sparte, sie hat gespart
der Spar|gel, die Spargel
spar|sam
der Spaß, die Späße; der Spaßvogel
spa|ßen, du spaßt, er spaßte, sie hat gespaßt; spaßig
spät
der Spa|ten, die Spaten
spä|ter
spä|tes|tens
der Spatz, die Spatzen
spa|zie|ren, du spazierst, er spazierte, sie ist spaziert; spazieren gehen
der Spa|zier|gang, die Spaziergänge
der Specht, die Spechte
der Speck; speckig
der Speer, die Speere
die Spei|che, die Speichen
der Spei|chel
der Spei|cher, die Speicher
spei|chern, du speicherst, er speicherte, sie hat gespeichert
spei|en, er speit, er spie, er hat gespien

A B C D E F G H I J K L M N O P Q R S T U V W X Y Z

die **Spei|se**, die Speisen
spei|sen, du speist, er speiste, sie hat gespeist
die **Spen|de**, die Spenden
spen|den, du spendest, er spendete, sie hat gespendet
der **Speng|ler**, die Spengler
die **Speng|le|rin**, die Spenglerinnen
die **Sper|re**; der Sperrmüll
sper|ren, du sperrst, er sperrte, sie hat gesperrt
der **Spe|zi|a|list**, die Spezialisten
die **Spe|zi|a|lis|tin**, die Spezialistinnen
er **spie** → speien
der **Spie|gel**, die Spiegel
spie|gel|glatt
das **Spiel**, die Spiele
spie|len, du spielst, er spielte, sie hat gespielt
der **Spie|ler**, die Spieler
die **Spie|le|rin**, die Spielerinnen
das **Spiel|feld**, die Spielfelder
die **Spiel|fi|gur**, die Spielfiguren
der **Spiel|platz**, die Spielplätze
das **Spiel|zeug**, die Spielzeuge
der **Spieß**, die Spieße
der **Spi|nat**
die **Spin|ne**, die Spinnen
das **Spin|nen|netz**
spin|nen, du spinnst, er spann, sie hat gesponnen
der **Spi|on**, die Spione
die **Spi|o|nin**, die Spioninnen
spi|o|nie|ren, du spionierst, er spionierte, sie hat spioniert
die **Spi|ra|le**, die Spiralen
das **Spi|tal**, die Spitäler
spitz
die **Spit|ze**, die Spitzen
spit|zen, du spitzt, er spitzte, sie hat gespitzt
der **Spit|zer**, die Spitzer
der **Spitz|na|me**
der **Split|ter**, die Splitter; splittern
der **Sport**
der **Sport|ler**, die Sportler
die **Sport|le|rin**, die Sportlerinnen
sport|lich
der **Sport|platz**, die Sportplätze
der **Spott**
spot|ten, du spottest, er spottete, sie hat gespottet
spöt|tisch
sie **sprach** → sprechen
die **Spra|che**, die Sprachen
sprach|los
ich **sprang** → springen
der / das **Spray**, die Sprays
spre|chen, du sprichst, er sprach, sie hat gesprochen
der **Spre|cher**, die Sprecher
die **Spre|che|rin**, die Sprecherinnen

spren|gen, du sprengst, er sprengte, sie hat gesprengt
sie **spricht** → sprechen
das **Sprich|wort**, die Sprichwörter
sprie|ßen, es sprießt, es spross, es ist gesprossen
sprin|gen, du springst, er sprang, sie ist gesprungen
die **Spring|schnur**
die **Sprit|ze**, die Spritzen
sprit|zen, du spritzt, er spritzte, sie hat gespritzt
es **spross** → sprießen
die **Spros|se**, die Sprossen
die **Spros|sen|lei|ter**
der **Spruch**, die Sprüche
der **Spru|del**; sprudeln
sprü|hen, du sprühst, er sprühte, sie hat gesprüht
der **Sprung**, die Sprünge
die **Sprung|schan|ze**
spu|cken, du spuckst den Kern aus, er spuckte ihn aus, sie hat ihn ausgespuckt
der **Spuk**
spu|ken, es spukt, es spukte, es hat gespukt
die **Spu|le**, die Spulen
spü|len, du spülst, er spülte, sie hat gespült
die **Spü|lung**
die **Spur**, die Spuren
spü|ren, du spürst, er spürte, sie hat gespürt
spur|los

st

der **Staat**, die Staaten
staat|lich
der **Staats|bür|ger**, die Staatsbürger
die **Staats|bür|ge|rin**, die Staatsbürgerinnen
der **Stab**, die Stäbe
sta|bil
sie **stach** → stechen
der **Sta|chel**, die Stacheln
die **Sta|chel|bee|re**, die Stachelbeeren
sta|che|lig *(= stachlig)*
stach|lig *(= stachelig)*
der **Sta|del**, die Stadel
das **Sta|di|on**, die Stadien
die **Stadt**, die Städte
städ|ti|sch
die **Staf|fel**, die Staffeln
er **stahl** → stehlen
der **Stahl**
der **Stall**, die Ställe
der **Stamm**, die Stämme
der **Stamm|baum**, die Stammbäume
stam|meln, ich stammle, du stammelst, er stammelte, sie hat gestammelt
stamp|fen, du stampfst, er stampfte, sie hat gestampft

ich **stand** → stehen
der **Stand**, die Stände
stän|dig
die **Stan|ge**, die Stangen
der **Stän|gel**, die Stängel
das **Sta|nit|zel**, die Stanitzel
es **stank** → stinken
das **Stan|ni|ol|pa|pier**
sta|peln, du stapelst, er stapelte, sie hat gestapelt
stap|fen, du stapfst, er stapfte, sie ist gestapft
der **Star** *(Singvogel)*, die Stare

der **Star** *(Filmstar)*, die Stars
er **starb** → sterben
stark, stärker, am stärksten
die **Stär|ke**, die Stärken
starr
die **Starr|heit**
starr|köp|fig
der **Start**, die Starts *(= Starte)*
die **Sta|ti|on**, die Stationen
statt
statt|fin|den, es findet statt, es fand statt, es hat stattgefunden
die **Sta|tue**, die Statuen
der **Stau**, die Staus
der **Staub**
stau|ben, es staubt, es staubte, es hat gestaubt
stau|big
der **Staub|sau|ger**, die Staubsauger
der **Stau|damm**, die Staudämme
die **Stau|de**, die Stauden
stau|en, es staut sich, es staute sich, es hat sich gestaut
stau|nen, du staunst, er staunte, sie hat gestaunt
das **Steak**, die Steaks
ste|chen, du stichst, er stach, sie hat gestochen
ste|cken, du steckst, er steckte, sie hat gesteckt
der **Ste|cken**, die Stecken
der **Ste|cker**, die Stecker
der **Steg**, die Stege
ste|hen, du stehst, er stand, sie ist gestanden
die **Steh|lam|pe**, die Stehlampen
steh|len, du stiehlst, er stahl, sie hat gestohlen
das **Steh|pult**
die **Stei|er|mark**
steif: ein steifes Bein
stei|gen, du steigst, er stieg, sie ist gestiegen
stei|gern, du steigerst, er steigerte, sie hat gesteigert
die **Stei|ge|rung**

die **Stei|gung**
steil
der **Stein**, die Steine; steinern
stein|hart
stei|nig
die **Stel|la|ge**, die Stellagen
die **Stel|le**, die Stellen
stel|len, du stellst, er stellte, sie hat gestellt
die **Stel|ze**, die Stelzen
stem|men, du stemmst, er stemmte, sie hat gestemmt
der **Stem|pel**, die Stempel
stem|peln, ich stemple, du stempelst, er stempelte, sie hat gestempelt
die **Step|pe**, die Steppen
step|pen, du steppst, er steppte, sie hat gesteppt

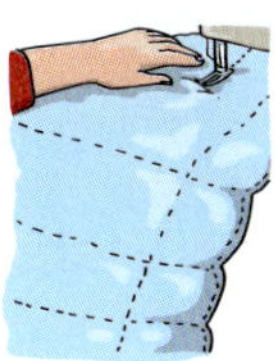

ster|ben, du stirbst, er starb, sie ist gestorben
das **Ste|reo**, die Stereoanlage
der **Stern**, die Sterne
stets
das **Steu|er**; steuern
die **Steu|er**, die Steuern
der **Stich**, die Stiche
es **sticht** → stechen
sti|cken, du stickst, er stickte, sie hat gestickt
der **Sti|cker**, die Sticker
die **Sti|cke|rei**, die Stickereien
sti|ckig
der **Stie|fel**, die Stiefel
die **Stief|el|tern** *(Mz.)*; die Stiefmutter; der Stiefvater
das **Stief|kind**
ich **stieg** → steigen
die **Stie|ge**, die Stiegen
er **stiehlt** → stehlen
der **Stiel**, die Stiele
der **Stier**, die Stiere
er **stieß** → stoßen
das **Stift** *(Kloster)*, die Stifte

der **Stift** *(Filzstift)*, die Stifte
stif|ten, du stiftest, er stiftete, sie hat gestiftet; die Stiftung
der **Stil**, die Stile
still
die **Stil|le**
stil|len, die Mutter stillt ihr Baby, sie stillte es, sie hat es gestillt
die **Stim|me**, die Stimmen

stim|men, du stimmst die Gitarre, er stimmte sie, sie hat sie gestimmt; es stimmt

die Stim|mung, die Stimmungen

stin|ken, es stinkt, es stank, es hat gestunken

er stirbt → sterben

die Stirn *(= Stirne)*, die Stirnen

die Stir|ne *(= Stirn)*, die Stirnen

stö|bern, du stöberst, er stöberte, sie hat gestöbert

sto|chern, du stocherst, er stocherte, sie hat gestochert

der Stock, die Stöcke; im ersten Stock

das Stock|bett, die Stockbetten

der Stö|ckel, die Stöckel; stöckeln

sto|cken, es stockt, du stockst, er stockte, sie hat gestockt

das Sto|ckerl, die Stockerl(n)

stock|fins|ter

das Stock|werk, die Stockwerke

der Stoff, die Stoffe

stöh|nen, du stöhnst, er stöhnte, sie hat gestöhnt

der Stol|len, die Stollen

stol|pern, du stolperst, er stolperte, sie ist gestolpert

stolz

der Stolz

stol|zie|ren, du stolzierst, er stolzierte, sie ist stolziert

stop!

stop|fen, du stopfst, er stopfte, sie hat gestopft

der Stopp, die Stopps

der Stop|pel, die Stoppel; der Stoppelzieher

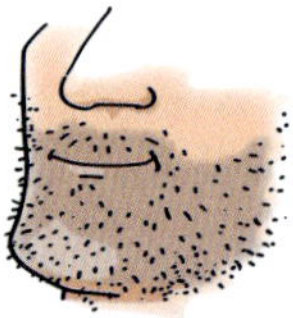

die Stop|pel, die Stoppeln; der Stoppelbart; das Stoppelfeld

stop|pen, du stoppst, er stoppte, sie hat gestoppt

die Stopp|ta|fel, die Stopptafeln

die Stopp|uhr, die Stoppuhren

der Stöp|sel, die Stöpsel

der Storch, die Störche

stö|ren, du störst, er störte, sie hat gestört

stör|risch

die Stö|rung, die Störungen

die Sto|ry, die Storys

der Stoß, die Stöße

sto|ßen, du stößt, er stieß, sie hat gestoßen

er stößt → stoßen

stot|tern, du stotterst, er stotterte, sie hat gestottert

St. Pöl|ten → Sankt Pölten

die Stra|fe, die Strafen

straff
der **Strahl**, die Strahlen
strah|len, du strahlst, er strahlte, sie hat gestrahlt
die **Sträh|ne**, die Strähnen
stram|peln, du strampelst, er strampelte, sie hat gestrampelt
der **Strand**, die Strände
der **Strang**, die Stränge
die **Stra|pa|ze**, die Strapazen; strapazieren
die **Stra|ße**, die Straßen; die Straßenbahn
die **Stra|ßen|kreu|zung**
sträu|ben, du sträubst dich, er sträubte sich, sie hat sich gesträubt
der **Strauch**, die Sträucher
der **Strauß**, die Sträuße

die **Stre|cke**, die Strecken
stre|cken, du streckst dich, er streckte sich, sie hat gestreckt
der **Streich**, die Streiche
strei|cheln, ich streichle, du streichelst, er streichelte, sie hat gestreichelt
strei|chen, du streichst, er strich, sie hat gestrichen
das **Streich|holz**, die Streichhölzer
strei|fen, du streifst, er streifte, sie hat gestreift
der **Strei|fen**, die Streifen
der **Streik**, die Streiks
der **Streit**, die Streite
strei|ten, du streitest, er stritt, sie hat gestritten
die **Strei|te|rei**, die Streitereien
streit|süch|tig
streng
die **Stren|ge**
der **Stress**; stressig; Sie ist im Stress.
stres|sen, du stresst, er stresste, sie hat gestresst
streu|en, du streust, er streute, sie hat gestreut
streu|nen, du streunst, er streunte, sie ist gestreunt; streunende Hunde
er strich → streichen
der **Strich**, die Striche
der **Strich|punkt**
der **Strick**, die Stricke
stri|cken, du strickst, er strickte, sie hat gestrickt
die **Stri|cke|rei**, die Strickereien
der **Strie|zel**, die Striezel(n)
er stritt → streiten
das **Stroh**; der Strohhalm
der **Strolch**; strolchen

der **Strom** *(= Fluss)*, die Ströme

der **Strom**; der Stromausfall
strö|men: die Besucher strömen in den Saal, sie strömten, sie sind geströmt; es strömt
die **Strö|mung**
die **Stro|phe**, die Strophen
strot|zen, du strotzt von *(= vor)* Gesundheit, er strotzte, sie hat gestrotzt
der **Stru|del**, die Strudel
der **Strumpf**, die Strümpfe
strup|pig
der **Struw|wel|pe|ter**
die **Stu|be**, die Stuben
das **Stück**, die Stücke
stü|ckeln, ich stückle, du stückelst, er stückelte, sie hat gestückelt
der **Stu|dent**, die Studenten
die **Stu|den|tin**, die Studentinnen
stu|die|ren, du studierst, er studierte, sie hat studiert
das **Stu|dio**, die Studios
das **Stu|di|um**, die Studien
die **Stu|fe**, die Stufen
der **Stuhl**, die Stühle
stumm
der **Stum|mel**, die Stummel(n)
stumpf
die **Stun|de**, die Stunden
stun|den|lang
der **Stun|den|plan**
stünd|lich
stur: ein sturer Mensch
der **Sturm**, die Stürme
stür|men, es stürmt, es stürmte, es hat gestürmt
der **Stür|mer**, die Stürmer
stür|misch
der **Sturz**, die Stürze
stür|zen, du stürzt, er stürzte, sie ist gestürzt
die **Stu|te**, die Stuten
stut|zen, du stutzt, er stutzte, sie hat gestutzt
stüt|zen, du stützt ihn, er stützte mich, sie hat ihn gestützt

su

das **Sub|jekt**, die Subjekte
das **Sub|s|tan|tiv**, die Substantive
sub|tra|hie|ren, du subtrahierst, er subtrahierte, sie hat subtrahiert
die **Sub|trak|ti|on**, die Subtraktionen

die **Su|che**, die Suchen; auf die Suche gehen; sich auf die Suche machen
su|chen, du suchst, er suchte, sie hat gesucht
die **Sucht**, die Süchte
das **Sucht|gift**, die Suchtgifte
süch|tig
der **Sü|den**
süd|lich
der **Süd|pol**
die **Sum|me**, die Summen
sum|men, du summst ein Lied, er summte, sie hat gesummt
der **Sumpf**, die Sümpfe
sump|fig
die **Sün|de**, die Sünden
su|per
der **Su|per|markt**, die Supermärkte
die **Sup|pe**, die Suppen
sur|fen, du surfst, er surfte im Meer; sie hat im Internet gesurft
süß
die **Sü|ßig|keit**, die Süßigkeiten
die **Süß|spei|se**, die Süßspeisen
süß|lich

sw

der **Swea|ter**, die Sweater
das **Sweat|shirt**, die Sweatshirts
der **Swim|ming|pool**, die Swimmingpools

sy

das **Sym|bol**, die Symbole
sym|bo|lisch
sym|pa|thisch
die **Sy|na|go|ge**, die Synagogen
das **Sys|tem**, die Systeme

sz

die **Sze|ne**, die Szenen

A B C D E F G H I J K L M N O P Q R S T U V W X Y Z

ta

der **Ta|bak**
die **Ta|bel|le**, die Tabellen
das **Tab|let**, die Tablets
das **Ta|b|lett**, die Tabletts
(= Tablette)
die **Ta|b|let|te**,
die Tabletten
der / das **Ta|cho|me|ter**,
die Tachometer
ta|deln, ich tadle,
du tadelst, er tadelte,
sie hat getadelt
die **Ta|fel**, die Tafeln

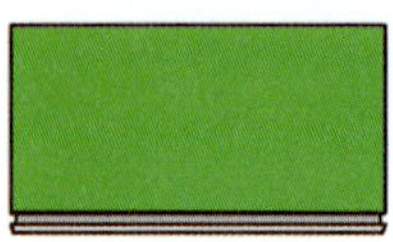

der **Tag**, die Tage
das **Ta|ge|buch**
ta|ge|lang
täg|lich
der **Takt**, die Takte
das **Tal**, die Täler
das **Ta|lent**, die Talente
ta|len|tiert
die **Talk|show**, die Talkshows
tan|ken, du tankst,
er tankte, sie hat getankt
die **Tank|stel|le**,
die Tankstellen
der **Tank|wart**, die Tankwarte
die **Tank|war|tin**,
die Tankwartinnen

die **Tan|ne**, die Tannen
der **Tan|nen|zap|fen**
die **Tan|te**, die Tanten
der **Tanz**, die Tänze
tan|zen, du tanzt, er tanzte,
sie hat getanzt
der **Tän|zer**, die Tänzer
die **Tän|ze|rin**, die Tänzerinnen
die **Ta|pe|te**, die Tapeten
ta|pe|zie|ren, du
tapezierst, er tapezierte,
sie hat tapeziert
der **Ta|pe|zie|rer**, die Tapezierer
die **Ta|pe|zie|rerin**,
die Tapeziererinnen
tap|fer
die **Tap|fer|keit**
tar|nen, du tarnst
dich, er tarnte sich,
sie hat sich getarnt
die **Ta|sche**, die Taschen
das **Ta|schen|geld**
die **Ta|schen|lam|pe**,
die Taschenlampen
der **Ta|schen|rech|ner**
die **Tas|se**, die Tassen
die **Tas|ta|tur**, die Tastaturen
die **Tas|te**, die Tasten
tas|ten, du tastest,
er tastete, sie hat getastet
er **tat** → tun
die **Tat**, die Taten
der **Tä|ter**, die Täter
die **Tä|te|rin**, die Täterinnen
tä|tig; die Tätigkeit

das **Ta|too**, die Tatoos
die **Tä|to|wie|rung**
die **Tat|sa|che**, die Tatsachen
tat|säch|lich
die **Tat|ze**, die Tatzen
das **Tau**, die Taue
der **Tau**; der Tautropfen
taub: taub sein
die **Tau|be**, die Tauben
die **Taub|heit**
tau|chen, du tauchst, er tauchte, sie hat / ist getaucht
der **Tau|cher**, die Taucher
die **Tau|che|rin**, die Taucherinnen
tau|en, es taut, es taute, es hat getaut
die **Tau|fe**; taufen
der **Tausch**
tau|schen, du tausch(s)t, er tauschte, sie hat / ist getauscht
täu|schen, du täusch(s)t, er täuschte, sie hat getäuscht
tau|send
der **Tau|send|füß|ler**
das **Ta|xi**, die Taxis *(= Taxi)*

te

das **Team**, die Teams
die **Tech|nik**, die Techniken
der **Tech|ni|ker**, die Techniker
die **Tech|ni|ke|rin**, die Technikerinnen
tech|nisch: eine technische Zeichnung
der **Ted|dy**, die Teddys
der **Ted|dy|bär**, die Teddybären
der **Tee**, die Tees
die **Tee|kan|ne**, die Teekannen
der **Teen|ager**, die Teenager
der **Teer**
der **Teich**, die Teiche
der **Teig**, die Teige
der / das **Teil**, die Teile
tei|len, du teilst, er teilte, sie hat geteilt
das **Te|le|fon**, die Telefone
te|le|fo|nie|ren, du telefonierst, er telefonierte, sie hat telefoniert
te|le|fo|nisch
das **Te|le|gramm**, die Telegramme
der **Tel|ler**, die Teller
der **Tem|pel**, die Tempel
die **Tem|pe|ra|tur**, die Temperaturen
das **Tem|po**, die Tempi *(= Tempos)*
das **Ten|nis**; der Tennisschläger
der **Tep|pich**, die Teppiche
der **Ter|min**, die Termine
das **Ter|ra|ri|um**, die Terrarien
die **Ter|ras|se**, die Terrassen
der **Ter|ror**; der Terrorismus; terrorisieren

der **Ter|ro|rist**, die Terroristen
die **Ter|ro|ris|tin**, die Terroristinnen
der **Test**, die Tests
das **Tes|ta|ment**, die Testamente
teu|er
der **Teu|fel**, die Teufel
teuf|lisch
der **Text**, die Texte

th

das **The|a|ter**, die Theater
das **The|a|ter|stück**
das **The|ma**, die Themen
das **Ther|mal|bad**, die Thermalbäder
das / der **Ther|mo|me|ter**, die Thermometer
die **Ther|mos|fla|sche**, die Thermosflaschen
die **Ther|mos|kan|ne**, die Thermoskannen
der **Thron**, die Throne
der **Thun|fisch** *(= Tunfisch)*, die Thunfische
der **Thy|mi|an**

ti

ti|cken, es tickt, es tickte, es hat getickt
das **Ti|cket**, die Tickets
tief
die **Tie|fe**
das **Tier**, die Tiere
die **Tier|hand|lung**, die Tierhandlungen
der **Ti|ger**, die Tiger
die **Tin|te**, die Tinten; die Tintenpatrone
der **Tipp**, die Tipps
tip|pen, du tippst, er tippte, sie hat getippt
Ti|rol
der **Tisch**, die Tische
die **Tisch|de|cke**, die Tischdecken
der **Tisch|ler**, die Tischler
die **Tisch|le|rin**, die Tischlerinnen
der **Ti|tel**, die Titel

to

der **Toast**, die Toaste *(= Toasts)*
to|ben, du tobst, er tobte, sie hat getobt
die **Toch|ter**, die Töchter
der **Tod**
töd|lich
der **To|fu**
die **Toi|let|te**, die Toiletten; das Toilettenpapier
to|le|rant
die **To|le|ranz**
toll
toll|pat|schig
die **Toll|wut**
toll|wü|tig

die **To|ma|te**, die Tomaten
die **Tom|bo|la**, die Tombolas
der **Ton**; das Tongefäß

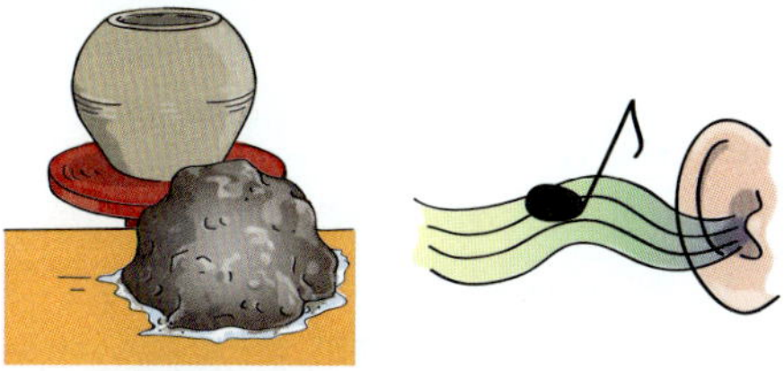

der **Ton**, die Töne
die **Ton|ne**, die Tonnen
der **Topf**, die Töpfe
der **Top|fen**; die Topfenkolatsche; der Topfenstrudel; die Topfenknödel
der **Töp|fer**, die Töpfer
die **Töp|fe|rin**, die Töpferinnen
das **Tor**, die Tore
tor|keln, ich torkle, du torkelst, er torkelte, sie hat / ist getorkelt
die **Tor|te**, die Torten
tot
tö|ten, du tötest, er tötete, sie hat getötet
die **Tour**, die Touren
der **Tou|ris|mus**
der **Tou|rist**, die Touristen
die **Tou|ris|tin**, die Touristinnen
der **To|wer**, die Tower

tr

tra|ben, das Pferd trabt, es trabte, es hat / ist getrabt
die **Tracht**, die Trachten
träch|tig: eine trächtige Kuh
sie **traf** → treffen
die **Tra|fik**, die Trafiken
der **Tra|fi|kant**, die Trafikanten
die **Tra|fi|kan|tin**, die Trafikantinnen
tra|gen, du trägst, er trug, sie hat getragen
tra|gisch: das ist halb so tragisch
er **trägt** → tragen
trai|nie|ren, du trainierst, er trainierte, sie hat trainiert
das **Trai|ning**, die Trainings
der **Trai|nings|an|zug**
der **Trak|tor**, die Traktoren
tram|peln, du trampelst, er trampelte, sie hat / ist getrampelt
das **Tram|po|lin**, die Trampoline
die **Trä|ne**, die Tränen
sie **trank** → trinken
die **Trän|ke**; tränken
der **Trans|port**, die Transporte
trans|por|tie|ren, du transportierst, er transportierte, sie hat transportiert
das **Tra|pez**, die Trapeze
er **trat** → treten
trat|schen, du tratsch(s)t, er tratschte, sie hat getratscht
die **Trau|be**, die Trauben

A B C D E F G H I J K L M N O P Q R S T U V W X Y Z

trau|en, du traust dich, er traute sich, sie hat sich getraut
die **Trau|er**
trau|ern, du trauerst, er trauerte, sie hat getrauert
der **Traum**, die Träume
träu|men, du träumst, er träumte, sie hat geträumt
trau|rig
die **Trau|rig|keit**
tref|fen, du triffst, er traf, sie hat getroffen
das **Tref|fen**, die Treffen
der **Treff|punkt**
trei|ben, du treibst, er trieb, sie hat getrieben
tren|nen, du trennst, er trennte, sie hat getrennt
die **Tren|nung**, die Trennungen
die **Trep|pe**, die Treppen; das Treppengeländer
der **Tre|sor**, die Tresore
tre|ten, du trittst, er trat, sie ist getreten
treu
die **Treue**
das **Tri|an|gel**, die Triangel
die **Tri|bü|ne**, die Tribünen
der **Trich|ter**, die Trichter
der **Trick**, die Tricks
er **trieb** → treiben
der **Trieb**, die Triebe
sie **trifft** → treffen
das **Tri|kot**, die Trikots
trin|ken, du trinkst, er trank, sie hat getrunken
das **Trink|was|ser**
er **tritt** → treten
der **Tritt**, die Tritte
tri|um|phie|ren: über jemanden triumphieren, du triumphierst, er triumphierte, sie hat triumphiert; der Triumph
tro|cken: ein trockener Husten
die **Tro|cken|heit**
trock|nen, es trocknet, du trocknest, er trocknete, sie hat getrocknet
trö|deln, ich trödle, du trödelst, er trödelte, sie hat getrödelt
der **Trog**, die Tröge
die **Trom|mel**, die Trommeln
trom|meln, ich trommle, du trommelst, er trommelte, sie hat getrommelt
die **Trom|pe|te**, die Trompeten; trompeten
tröp|feln, es tröpfelt, es tröpfelte, es hat getröpfelt
der **Trop|fen**, die Tropfen
der **Trost**; der Trostpreis
trös|ten, du tröstest ihn, er tröstete sie, sie hat mich getröstet

trotz: trotz des Regens
der **Trotz**; trotzen; trotzig
trotz|dem
trüb
der **Tru|bel**
sie **trug** → tragen
die **Tru|he**, die Truhen

ts

der **Tsche|che**, die Tschechen
Tsche|chi|en
die **Tsche|chin**, die Tschechinnen
tsche|chisch: die Tschechische Republik
das **T-Shirt**, die T-Shirts

tu

die **Tu|be**, die Tuben
das **Tuch**, die Tücher
die **Tu|chent**, die Tuchenten
tüch|tig
die **Tul|pe**, die Tulpen
tum|meln, du tummelst dich, er tummelte sich, sie hat sich getummelt
tun, ich tue, du tust, er tat, sie hat getan
der **Tun|fisch** *(=Thunfisch)*, die Tunfische
der **Tun|nel**, die Tunnel(s)
der **Tup|fen**, die Tupfen
die **Tür**, die Türen
der **Tur|ban**, die Turbane
die **Tur|bi|ne**, die Turbinen
der **Tür|ke**, die Türken
die **Tür|kei**
die **Tür|kin**, die Türkinnen
tür|kis: ein türkiser Schal; eine Hose in Türkis
tür|kisch: türkischer Honig
die **Tür|klin|ke**
der **Turm**, die Türme
tur|nen, du turnst, er turnte, sie hat geturnt
der **Turn|saal**
tu|scheln, ich tuschle, du tuschelst, er tuschelte, sie hat getuschelt
die **Tü|te**, die Tüten

tv

das **TV** *(Television)*; das TV-Gerät

ty

der **Typ**, die Typen
ty|pisch

A B C D E F G H I J K L M N O P Q R S T U V W X Y Z

ub

die **U-Bahn** *(Untergrundbahn)*, die U-Bahnen; die U-Bahn-Station

übel, übler, am übelsten

die **Übel|keit**

üben, du übst, er übte, sie hat geübt

über: über die Staße

über|all

der **Über|blick**; überblicken

über|fah|ren, du überfährst, er überfuhr, sie hat überfahren

er **über|fährt** → überfahren

der **Über|fall**; überfallen

über|flüs|sig: überflüssige Worte, der Überfluss

sie **über|fuhr** → überfahren

das **Über|ge|wicht**

über|haupt

über|ho|len, du überholst, er überholte, sie hat überholt

über|le|gen, du überlegst, er überlegte, sie hat überlegt

über|lis|ten, du überlistest, er überlistete, sie hat überlistet

über|mor|gen

über|mü|tig: übermütige Kinder

über|nach|ten, du übernachtest, er übernachtete, sie hat übernachtet

die **Über|nach|tung**, die Übernachtungen

über|prü|fen, du überprüfst, er überprüfte, sie hat überprüft

über|que|ren, du überquerst, er überquerte, sie hat überquert

über|ra|schen, du überrasch(s)t, er überraschte, sie hat überrascht

die **Über|ra|schung**, die Überraschungen

über|re|den, du überredest ihn, er überredete sie, sie überredete mich

die **Über|re|dungs|kunst**

über|rei|chen, du überreichst, er überreichte, sie hat überreicht

die **Über|schrift**, die Überschriften

die **Über|schwem|mung**, die Überschwemmungen

über|sicht|lich

über|trei|ben, du übertreibst, er übertrieb, sie hat übertrieben

die **Über|trei|bung**, die Übertreibungen

er über|trieb → übertreiben
über|trie|ben → übertreiben
über|zeu|gen, du überzeugst, er überzeugte, sie hat überzeugt
üb|lich: Das ist nicht üblich; zur üblichen Stunde
üb|rig: übrig bleiben
die Übung, die Übungen

uf

das Ufer, die Ufer

uh

die Uhr, die Uhren
die Uhr|zeit
der Uhu, die Uhus

um

um
um|ar|men, du umarmst ihn, er umarmte sie, sie hat mich umarmt
die Um|ar|mung, die Umarmungen
um|fah|ren, du umfährst, er umfuhr, sie hat umfahren; die Umfahrung
er um|fährt → umfahren
der Um|fang, die Umfänge
sie um|fuhr → umfahren
die Um|ge|bung, die Umgebungen
um|ge|zo|gen → umziehen
der Um|hang, die Umhänge
um|her
um|keh|ren, du kehrst um, er kehrte um, sie hat / ist umgekehrt
der Um|laut, die Umlaute
die Um|lei|tung, die Umleitungen
der Um|schlag, die Umschläge
um|so: umso größer
um|sonst
um|ständ|lich
der Um|weg, die Umwege
die Um|welt, die Umwelten; der Umweltschutz
sich um|zie|hen, du ziehst dich um, er zog sich um, sie hat sich umgezogen
der Um|zug, die Umzüge

un

un|an|ge|nehm: eine unangenehme Frage
un|be|dingt
un|be|kannt: ein unbekannter Musiker
un|be|stimmt
un|be|wusst
und
un|end|lich
un|ent|schie|den
un|er|freu|lich: unerfreuliche Nachrichten

A B C D E F G H I J K L M N O P Q R S T U V W X Y Z

un|er|müd|lich: unermüdlich arbeiten
un|fair: unfair handeln
der **Un|fall**, die Unfälle
un|freund|lich
der **Un|gar**, die Ungarn
Un|garn
die **Un|ga|rin**, die Ungarinnen
un|ga|risch: ungarische Tänze
die **Un|ge|duld**
un|ge|dul|dig
un|ge|fähr
das **Un|ge|heu|er**, die Ungeheuer
un|ge|recht
die **Un|ge|rech|tig|keit**
un|gern
un|ge|sund, ungesunder *(= ungesünder)*, am ungesundesten *(= am ungesündesten)*
un|ge|wöhn|lich
das **Un|ge|zie|fer**
un|glaub|lich
das **Un|glück**, die Unglücke
un|glück|lich
un|gül|tig: ein ungültiger Pass
un|heim|lich
un|höf|lich
die **Uni|form**, die Uniformen
die **Uni|ver|si|tät**, die Universitäten
un|klar

das **Un|kraut**
un|mög|lich
un|or|dent|lich
un|pünkt|lich
das **Un|recht**: er hat Unrecht *(= unrecht)*
die **Un|ru|he**; unruhig
uns: Er sucht uns.
un|ser: unser Freund, unsere Freundin
die **Un|schuld**
un|schul|dig
der **Un|sinn**; unsinnig
un|ten
un|ter: unter dem Tisch
un|ter|drü|cken, du unterdrückst, er unterdrückte, sie hat unterdrückt
die **Un|ter|füh|rung**, die Unterführungen
die **Un|ter|grund|bahn** *(U-Bahn)*, die Untergrundbahnen
un|ter|halb
er **un|ter|hält** sich → unterhalten
sich **un|ter|hal|ten**, du unterhältst dich, er unterhielt sich, sie hat sich unterhalten
die **Un|ter|hal|tung**, die Unterhaltungen
das **Un|ter|hemd**, die Unterhemden

sie **un|ter|hielt** sich → unterhalten
un|ter|ir|disch
die **Un|ter|kunft**, die Unterkünfte
das **Un|ter|neh|men**, die Unternehmen
der **Un|ter|richt**
un|ter|rich|ten, du unterrichtest, er unterrichtete, sie hat unterrichtet
un|ter|schei|den, du unterscheidest, er unterschied, sie hat unterschieden
der **Un|ter|schied**, die Unterschiede
er **un|ter|schied** → unterscheiden
un|ter|schied|lich
die **Un|ter|schrift**, die Unterschriften
un|ter|su|chen, du untersuchst, er untersuchte, sie hat untersucht
die **Un|ter|su|chung**, die Untersuchungen
un|ter|wegs
un|ver|gess|lich: unvergessliche Abenteuer
un|ver|schämt
un|vor|sich|tig
das **Un|wet|ter**
un|zäh|lig: unzählige Bücher; die Unzahl
un|zu|frie|den
die **Un|zu|frie|den|heit**

ur

ur|alt: uralte Münzen
die **Ur|groß|el|tern** *(Mz.)*
die **Ur|kun|de**, die Urkunden
der **Ur|laub**, die Urlaube
der **Ur|lau|ber**, die Urlauber
die **Ur|lau|be|rin**, die Urlauberinnen
die **Ur|sa|che**, die Ursachen
das **Ur|teil**, die Urteile
der **Ur|wald**

us

die **USA** *(United States of America) (Mz.)*

uv

die **UV-Strah|len**

A B C D E F G H I J K L M N O P Q R S T U V W X Y Z

va

die **Va|gi|na**
der **Vam|pir**, die Vampire
die **Va|nil|le**; das Vanilleeis
die **Va|se**, die Vasen
der **Va|ter**, die Väter

ve

der **Ve|ge|ta|ri|er**, die Vegetarier
die **Ve|ge|ta|ri|e|rin**, die Vegetarierinnen
ve|ge|ta|risch
das **Veil|chen**, die Veilchen
das **Ven|til**, die Ventile
sich **ver|ab|re|den**, du verabredest dich, er verabredete sich, sie hat sich verabredet
die **Ver|ab|re|dung**, die Verabredungen
sich **ver|ab|schie|den**, du verabschiedest dich, er verabschiedete sich, sie hat sich verabschiedet
die **Ve|ran|da**, die Veranden
ver|än|dern, du veränderst dich, er veränderte sich, sie hat sich verändert
die **Ver|än|de|rung**, die Veränderungen
ver|an|stal|ten, du veranstaltest, er veranstaltete, sie hat veranstaltet
die **Ver|an|stal|tung**, die Veranstaltungen
ver|ant|wort|lich
die **Ver|ant|wor|tung**, die Verantwortungen
ver|är|gern, du verärgerst, er verärgerte, sie hat verärgert; verärgert sein
das **Verb**, die Verben
der **Ver|band**, die Verbände
sie **ver|band** → verbinden
ver|bes|sern, du verbesserst, er verbesserte, sie hat verbessert
die **Ver|bes|se|rung**, die Verbesserungen
sich **ver|beu|gen**, du verbeugst dich, er verbeugte sich, sie hat sich verbeugt
die **Ver|beu|gung**
ver|bie|ten, du verbietest, er verbot, sie hat verboten
ver|bin|den, du verbindest, er verband, sie hat verbunden
ver|blüf|fen, du verblüffst, er verblüffte, sie hat verblüfft: verblüfft sein
das **Ver|bot**, die Verbote
er **ver|bot** → verbieten
ver|bo|ten → verbieten
ver|brau|chen, du verbrauchst, er verbrauchte, sie hat verbraucht

das **Ver|bre|chen**, die Verbrechen
der **Ver|bre|cher**, die Verbrecher
die **Ver|bre|che|rin**, die Verbrecherinnen
die **Ver|bren|nung**, die Verbrennungen; verbrennen
ver|bun|den → verbinden
der **Ver|dacht**
ver|däch|ti|gen, du verdächtigst, er verdächtigte, sie hat verdächtigt
die **Ver|däch|ti|gung**
es **ver|darb** → verderben
ver|dau|en, du verdaust, er verdaute, sie hat verdaut
die **Ver|dau|ung**
ver|der|ben, es verdirbt, es verdarb, es ist verdorben
ver|die|nen, du verdienst, er verdiente, sie hat verdient
es **ver|dirbt** → verderben
ver|dop|peln, du verdoppelst, er verdoppelte, sie hat verdoppelt
ver|dor|ben → verderben
ver|drän|gen, du verdrängst, er verdrängte, sie hat verdrängt
ver|duns|ten, es verdunstet, es verdunstete, es ist verdunstet
ver|durs|ten, du verdurstest, er verdurstete, sie ist verdurstet
der **Ver|ein**, die Vereine
der **Ver|fall**; verfallen
ver|fas|sen, du verfasst, er verfasste, sie hat verfasst
ver|fol|gen, du verfolgst, er verfolgte, sie hat verfolgt
die **Ver|fol|gung**; die Verfolgungsjagd
ver|gan|gen → vergehen
die **Ver|gan|gen|heit**
sie **ver|gaß** → vergessen
ver|geb|lich
ver|ge|hen, es vergeht, es verging, es ist vergangen
ver|ges|sen, du vergisst, er vergaß, sie hat vergessen
ver|gess|lich
die **Ver|gess|lich|keit**
ver|geu|den, du vergeudest, er vergeudete, sie hat vergeudet
ver|gif|ten, du vergiftest, er vergiftete, sie hat vergiftet; die Vergiftung
es **ver|ging** → vergehen
das **Ver|giss|mein|nicht**, die Vergissmeinnicht
er **ver|gisst** → vergessen
ver|glei|chen, du vergleichst, er verglich, sie hat verglichen
er **ver|glich** → vergleichen

A B C D E F G H I J K L M N O P Q R S T U V W X Y Z

ver|gli|chen → vergleichen
sich ver|gnü|gen, du vergnügst dich, er vergnügte sich, sie hat sich vergnügt
das Ver|gnü|gen
ver|gnügt: vergnügt sein
ver|grö|ßern, du vergrößerst, er vergrößerte, sie hat vergrößert
die Ver|grö|ße|rung
ver|haf|ten, du verhaftest, er verhaftete, sie hat verhaftet; die Verhaftung
ver|han|deln, du verhandelst, er verhandelte, sie hat verhandelt
die Ver|hand|lung, die Verhandlungen
ver|heim|li|chen, du verheimlichst, er verheimlichte, sie hat verheimlicht
ver|hei|ra|tet
ver|hin|dern, du verhinderst, er verhinderte, sie hat verhindert
sich ver|ir|ren, du verirrst dich, er verirrte sich, sie hat sich verirrt
der Ver|kauf, die Verkäufe
ver|kau|fen, du verkaufst, er verkaufte, sie hat verkauft
der Ver|käu|fer, die Verkäufer
die Ver|käu|fe|rin, die Verkäuferinnen
der Ver|kehr; der Verkehrsunfall
das Ver|kehrs|schild, die Verkehrsschilder
ver|kehrt
ver|klei|den, du verkleidest dich, er verkleidete sich, sie hat sich verkleidet
ver|klei|det
die Ver|klei|dung
sich ver|küh|len, du verkühlst dich, er verkühlte sich, sie hat sich verkühlt
die Ver|küh|lung, die Verkühlungen
ver|lan|gen, du verlangst, er verlangte, sie hat verlangt
ver|län|gern, du verlängerst, er verlängerte, sie hat verlängert; die Verlängerung
ver|las|sen, du verlässt, er verließ, sie hat verlassen
ver|läss|lich
er ver|lässt → verlassen
ver|let|zen, du verletzt dich, er verletzte sich, sie hat sich verletzt
ver|letzt
die Ver|let|zung, die Verletzungen
sich ver|lie|ben, du verliebst dich, er verliebte sich, sie hat sich verliebt

ver|liebt: verliebt sein
ver|lie|ren, du verlierst, er verlor, sie hat verloren
sie ver|ließ → verlassen
er ver|lor → verlieren
ver|lo|ren → verlieren
ver|lo|sen, du verlost, er verloste, sie hat verlost; die Verlosung
der Ver|lust
ver|mis|sen, du vermisst, er vermisste, sie hat vermisst
der Ver|miss|te, die Vermissten
die Ver|miss|te, die Vermissten
ver|mu|ten, du vermutest, er vermutete, sie hat vermutet
ver|nei|nen, du verneinst, er verneinte, sie hat verneint
die Ver|nei|nung
ver|nich|ten, du vernichtest, er vernichtete, sie hat vernichtet
die Ver|nunft
ver|nünf|tig
ver|pa|cken, du verpackst, er verpackte, sie hat verpackt
die Ver|pa|ckung, die Verpackungen
der Ver|rat
er ver|rät → verraten
ver|ra|ten, du verrätst, er verriet, sie hat verraten
der Ver|rä|ter, die Verräter
die Ver|rä|te|rin, die Verräterinnen
ver|rei|sen, du verreist, er verreiste, sie ist verreist
ver|ren|ken, du verrenkst dir den Fuß, er verrenkte, sie hat verrenkt
die Ver|ren|kung, die Verrenkungen
sie ver|riet → verraten
ver|ros|tet: ein verrosteter Nagel
ver|rückt: eine verrückte Idee
der Vers, die Verse
sich ver|sam|meln, wir versammeln uns, wir versammelten uns, wir haben uns versammelt
die Ver|samm|lung, die Versammlungen
ver|säu|men, du versäumst, er versäumte, sie hat versäumt
ver|schie|den: verschiedene Farben
ver|schla|fen, du verschläfst, er verschlief, sie hat verschlafen
sie ver|schläft → verschlafen
er ver|schlief → verschlafen
ver|schlie|ßen, du verschließt, er verschloss, sie hat verschlossen
er ver|schloss → verschließen

A B C D E F G H I J K L M N O P Q R S T U V W X Y Z

ver|schlos|sen → verschließen
ver|schlu|cken, du verschluckst, er verschluckte, sie hat verschluckt
der **Ver|schluss**, die Verschlüsse
ver|schneit
ver|schrän|ken, du verschränkst die Arme, er verschränkte, sie hat verschränkt
er **ver|schwand** → verschwinden
ver|schwen|den, du verschwendest, er verschwendete, sie hat verschwendet
ver|schwin|den, du verschwindest, er verschwand, sie ist verschwunden
ver|schwun|den → verschwinden
sich **ver|söh|nen**, du versöhnst dich, er versöhnte sich, sie hat sich versöhnt
die **Ver|söh|nung**
ver|sor|gen, du versorgst, er versorgte, sie hat versorgt
sich **ver|spä|ten**, du verspätest dich, er verspätete sich, sie hat sich verspätet
die **Ver|spä|tung**
er **ver|sprach** → versprechen
ver|spre|chen, du versprichst, er versprach, sie hat versprochen
das **Ver|spre|chen**, die Versprechen
sie **ver|spricht** → versprechen
ver|spro|chen → versprechen
der **Ver|stand**
er **ver|stand** → verstehen
ver|stan|den → verstehen
ver|stän|di|gen, du verständigst dich, er verständigte sich, sie hat sich verständigt
die **Ver|stän|di|gung**
ver|ständ|lich
das **Ver|ständ|nis**; verständnisvoll
ver|stau|chen, du verstauchst dir den Fuß, er verstauchte sich, sie hat sich verstaucht
die **Ver|stau|chung**
ver|stau|en, du verstaust das Gepäck, er verstaute, sie hat verstaut
das **Ver|steck**, die Verstecke
ver|ste|cken, du versteckst dich, er versteckte sich, sie hat sich versteckt
ver|ste|hen, du verstehst, er verstand, sie hat verstanden
der **Ver|such**, die Versuche

ver|su|chen, du versuchst, er versuchte, sie hat versucht
ver|tei|di|gen, du verteidigst, er verteidigte, sie hat verteidigt
die **Ver|tei|di|gung**
ver|tei|len, du verteilst, er verteilte, sie hat verteilt
ver|tieft
der **Ver|trag**, die Verträge
ver|tra|gen, du verträgst, er vertrug, sie hat vertragen
er **ver|trägt** → vertragen
ver|trau|en, du vertraust mir, er vertraute mir, sie hat mir vertraut
das **Ver|trau|en**
sie **ver|trug** → vertragen
ver|un|glü|cken, du verunglückst, er verunglückte, sie ist verunglückt
ver|un|rei|ni|gen, du verunreinigst, er verunreinigte, sie hat verunreinigt
ver|wal|ten, du verwaltest, er verwaltete, sie hat verwaltet; die Verwaltung
ver|wan|deln, du verwandelst dich, er verwandelte sich, sie hat sich verwandelt
die **Ver|wand|lung**
ver|wandt: verwandt sein
der / die **Ver|wand|te**, die Verwandten
die **Ver|wandt|schaft**
ver|wech|seln, du verwechselst, er verwechselte, sie hat verwechselt
die **Ver|wechs|lung**
ver|wen|den, du verwendest, er verwendete, sie hat verwendet
ver|wir|ren, du verwirrst, er verwirrte, sie hat verwirrt; verwirrt
die **Ver|wir|rung**
ver|wöh|nen, du verwöhnst, er verwöhnte, sie hat verwöhnt
ver|wun|det: ein verwundetes Tier
die **Ver|wüs|tung**; verwüstet
das **Ver|zeich|nis**, die Verzeichnisse
ver|zei|hen, du verzeihst, er verzieh, sie hat verziehen
die **Ver|zei|hung**
ver|zich|ten, du verzichtest, er verzichtete, sie hat verzichtet
er **ver|zieh** → verzeihen
ver|zie|hen → verzeihen
ver|zie|ren, du verzierst, er verzierte, sie hat verziert

A B C D E F G H I J K L M N O P Q R S T U V W X Y Z

ver|zwei|feln,
du verzweifelst,
er verzweifelte,
sie hat / ist verzweifelt
die **Ver|zweif|lung**

vi

das **Vi|deo**, die Videos
der **Vi|deo|clip**, die Videoclips
das **Vieh**; die Viehzucht
viel, mehr, am meisten; viel Gemüse
vie|le: viele Kinder
viel|leicht
vier: die Nummer Vier
der **Vie|rer**, der Vierte
vier|hundert
vier|mal: viermal (4-mal) würfeln
das **Vier|tel**, die Viertel; ein viertel Kilo; um viertel drei
die **Vier|tel|stun|de**, die viertel Stunde
vier|zehn
vier|zig
die **Vig|net|te**, die Vignetten; die Autobahnvignette
die **Vil|la**, die Villen
vi|o|lett
die **Vi|o|li|ne**, die Violinen
das / der **Vi|rus**, die Viren
das **Vi|sum**, die Visa *(= Visen)*
das **Vi|t|a|min**, die Vitamine

vo

der **Vo|gel**, die Vögel
das **Vo|gel|haus**, die Vogelhäuser
der **Vo|gel|kä|fig**, die Vogelkäfige
die **Vo|gel|scheu|che**
der **Vo|kal**, die Vokale
das **Volk**, die Völker
die **Volks|schu|le**, die Volksschulen
voll
völ|lig
der **Voll|mond**, die Vollmonde
voll|stän|dig
vom *(von dem)*: vom Baum fallen
von: ein Brief von dir
vor: vor der Schule warten
vo|r|an
Vor|arl|berg
vo|r|aus; voraussichtlich
vor|bei
vor|be|rei|ten, du bereitest vor, er bereitete vor, sie hat vorbereitet
die **Vor|be|rei|tung**, die Vorbereitungen
das **Vor|bild**, die Vorbilder
vor|de|re: die vordere Reihe
der **Vor|der|sitz**, die Vordersitze
vorfahren, du fährst vor, er fuhr vor, sie ist vorgefahren; die Vorfahrt

vor|fal|len, es fällt vor, es fiel vor, es ist vorgefallen
vor|ges|tern
der **Vor|hang**, die Vorhänge
vor|her
vor|hin
vo|ri|ge: vorige Woche, voriges Jahr
vor|läu|fig: ein vorläufiges Ergebnis
vor|le|sen, du liest vor, er las vor, sie hat vorgelesen
der **Vor|mit|tag**, die Vormittage: am Vormittag, heute Vormittag
vor|mit|tags
vorn *(= vorne)*: von vorn beginnen
der **Vor|na|me**, die Vornamen
vor|ne *(= vorn)*
vor|nehm
der **Vor|ort**, die Vororte
der **Vor|rang**; die Vorrangstraße
der **Vor|rat**, die Vorräte
der **Vor|satz**, die Vorsätze
der **Vor|schlag**, die Vorschläge
vor|schla|gen, du schlägst vor, er schlug vor, sie hat vorgeschlagen
vor|schrei|ben, du schreibst vor, er schrieb vor, sie hat vorgeschrieben
die **Vor|schrift**, die Vorschriften
die **Vor|sicht**
vor|sich|tig
die **Vor|sil|be**, die Vorsilben
die **Vor|spei|se**, die Vorspeisen
sich **vor|stel|len**, du stellst dich vor, du stellst dir etwas vor, er stellte sich vor, sie hat sich vorgestellt
die **Vor|stel|lung**, die Vorstellungen
der **Vor|teil**, die Vorteile
der **Vor|trag**, die Vorträge
vo|r|über: vorüber sein
das **Vor|ur|teil**, die Vorurteile
vor|wärts; vorwärtsgehen
der **Vor|wurf**, die Vorwürfe
vor|zei|gen, du zeigst vor, er zeigte vor, sie hat vorgezeigt

vu

der **Vul|kan**, die Vulkane

wa

die **Waa|ge**, die Waagen
waag|recht
die **Wa|be**, die Waben
wach: wach sein
die **Wa|che**, die Wachen
der **Wa|chol|der**; die Wacholderbeere
das **Wachs**, die Wachse
wach|sen, du wächst, er wuchs, sie ist gewachsen
das **Wachs|tum**
es **wächst** → wachsen
wa|ckeln, ich wackle, du wackelst, er wackelte, sie hat / ist gewackelt; wackelig *(= wacklig)*
die **Wa|de**, die Waden
die **Waf|fe**, die Waffen
die **Waf|fel**, die Waffeln
wa|gen, du wagst, er wagte, sie hat gewagt
der **Wa|gen**, die Wagen *(= Wägen)*
der **Wag|gon** *(= Wagon)*, die Waggons
der **Wa|gon** *(= Waggon)*, die Wagons
die **Wahl**, die Wahlen
wäh|len, du wählst, er wählte, sie hat gewählt
der **Wäh|ler**, die Wähler
die **Wäh|le|rin**, die Wählerinnen
der **Wahn|sinn**
wahn|sin|nig
wahr: eine wahre Geschichte
die **Wahr|heit**, die Wahrheiten
wäh|rend: während des Unterrichts
wahr|schein|lich
die **Wäh|rung**, die Währungen
das **Wahr|zei|chen**, die Wahrzeichen
die **Wai|se**, die Waisen
das **Wai|sen|kind**
der **Wal**, die Wale; der Walfang
der **Wald**, die Wälder
der **Walk|man**, die Walkmans *(= Walkmen)*
die **Wall|fahrt**, die Wallfahrten
die **Wal|nuss**, die Walnüsse
die **Wal|ze**, die Walzen
wäl|zen, du wälzt dich im Gras, er wälzte, sie hat gewälzt
der **Wal|zer**, die Walzer
die **Wand**, die Wände
wan|dern, du wanderst, er wanderte, sie ist gewandert
die **Wan|ge**, die Wangen
wann: Wann gehst du?
die **Wan|ne**, die Wannen
die **Wan|ze**, die Wanzen
das **Wap|pen**, die Wappen
ich **war** → sein
sie **warb** → werben
wä|ren → sein
die **Wa|re**, die Waren

er **warf** → werfen
warm, wärmer, am wärmsten
die **Wär|me**
war|nen, du warnst, er warnte, sie hat gewarnt
die **War|nung**, die Warnungen
war|ten, du wartest, er wartete, sie hat gewartet
der **Wär|ter**, die Wärter
der **War|te|raum**, die Warteräume
die **Wär|te|rin**, die Wärterinnen
das **War|te|zim|mer**, die Wartezimmer
wa|r|um: Warum weinst du?
die **War|ze**, die Warzen
was: Was brauchst du?
das **Wasch|be|cken**, die Waschbecken
die **Wä|sche**
der **Wä|sche|korb**, die Wäschekörbe
die **Wä|sche|lei|ne**, die Wäscheleinen
wa|schen, du wäsch(s)t, er wusch, sie hat gewaschen
das **Was|ser**; der Wasserfall, der Wasserhahn, die Wasserleitung
der **Was|ser|strahl**, die Wasserstrahlen
wäss|rig
wa|ten, du watest durch den Bach, er watete, sie ist gewatet
die **Wat|sche**, die Watschen; watschen
die **Wat|te**; der Wattebausch

wc

das **WC** (**Was|ser|klo|sett**), die WC *(= WCs)*

we

we|ben, du webst, er webte, sie hat gewebt
die **Web|site**
wech|seln, du wechselst, er wechselte, sie hat gewechselt
we|cken, du weckst, er weckte, sie hat geweckt
der **We|cker**, die Wecker
we|deln, du wedelst, er wedelte, sie hat gewedelt
we|der: weder ich noch du
weg: Er geht weg; geh weg!
der **Weg**, die Wege; der Wegweiser
we|gen: wegen mir
weg|wer|fen, du wirfst weg, er warf weg, sie hat weggeworfen
weh; sich weh tun *(= wehtun)*: es tut weh
we|hen, es weht, du wehst, er wehte, sie hat geweht

A B C D E F G H I J K L M N O P Q R S T U V W X Y Z

sich **weh|ren**, du wehrst dich, er wehrte sich, sie hat sich gewehrt
weib|lich
weich
die **Wei|che**, die Weichen
die **Weich|sel**, die Weichseln
die **Wei|de**, die Weiden
sich **wei|gern**, du weigerst dich, er weigerte sich, sie hat sich geweigert
Weih|nach|ten
die **Weih|nachts|be|sche|rung**
die **Weih|nachts|krip|pe**, die Weihnachtskrippen
der **Weih|rauch**
weil: Ich gehe schlafen, weil ich müde bin.
der **Wein**, die Weine
wei|nen, du weinst, er weinte, sie hat geweint
wei|se: eine weise Frau
die **Wei|se**: auf diese Weise
die **Weis|heit**
weiß: weiß wie Schnee; die Farbe Weiß
er **weiß** → wissen
weit
der **Wei|zen**; das Weizenmehl
wel|cher, welche, welches: Welcher Bub? Welche Frau? Welches Kind?
welk: eine welke Blume
die **Wel|le**, die Wellen

der **Wel|len|sit|tich**, die Wellensittiche
der **Wel|pe**, die Welpen
die **Welt**
das **Welt|all**
wem: Wem gehört das?
wen: Wen suchst du?
we|nig
wenn: Wenn du willst, dann helfe ich dir.
wer: Wer kommt mit?
wer|ben, du wirbst, er warb, sie hat geworben
die **Wer|bung**, die Werbungen
wer|den, du wirst, er wurde, sie ist geworden
wer|fen, du wirfst, er warf, sie hat geworfen
wer|ken, du werkst, er werkte, sie hat gewerkt
das **Werk**, die Werke
die **Werk|statt**, die Werkstätten
das **Werk|zeug**, die Werkzeuge
wert
der **Wert**, die Werte; der Mühe Wert sein
wert|voll
das **We|sen**, die Wesen; wesentlich
die **Wes|pe**, die Wespen
wes|sen: Wessen Buch ist das?
die **Wes|te**, die Westen
der **Wes|ten**; westlich
der **Wes|tern**, die Western

die **Wet|te**, die Wetten;
der Wettlauf
wet|ten, du wettest,
er wettete, sie hat gewettet
das **Wet|ter**; der Wetterbericht
der **Wett|kampf**,
die Wettkämpfe
das **Wett|ren|nen**,
die Wettrennen

wi

wich|tig
wi|ckeln, ich wickle,
du wickelst, er wickelte,
sie hat gewickelt
der **Wid|der**, die Widder
wi|der: wider meinen Willen
wi|der|lich
er **wi|der|sprach** → widersprechen
wi|der|spre|chen,
du widersprichst,
er widersprach,
sie hat widersprochen
sie **wi|der|spricht** → widersprechen
wi|der|spro|chen → widersprechen
der **Wi|der|spruch**,
die Widersprüche
der **Wi|der|stand**,
die Widerstände
wi|der|wil|lig: widerwillig antworten
wie: wie viel, wie lange
wie|der: immer wieder
wie|der|ho|len,
du wiederholst, er wiederholte, sie hat wiederholt
die **Wie|der|ho|lung**,
die Wiederholungen
wie|der|se|hen,
du siehst ihn wieder,
er sah sie wieder,
sie hat uns wiedergesehen
das **Wie|der|se|hen**: auf Wiedersehen
die **Wie|ge**, die Wiegen
wie|gen *(ein Baby in der* Wiege), du wiegst,
er wiegte, sie hat gewiegt
wie|gen *(Gewicht feststellen)*, du wiegst,
er wog, sie hat gewogen
wie|hern, das Pferd wiehert, es wieherte,
es hat gewiehert
Wien
die **Wie|se**, die Wiesen
das **Wie|sel**, die Wiesel
der **Wi|kin|ger**, die Wikinger
wild
das **Wild**
die **Wild|nis**
sie **will** → wollen
der **Wil|le** *(= Willen)*
der **Wil|len** *(= Wille)*
will|kom|men: herzlich willkommen

wim|meln, es wimmelt, es wimmelte, es hat gewimmelt
wim|mern, du wimmerst, er wimmerte, sie hat gewimmert
der **Wim|pel**, die Wimpel
die **Wim|per**, die Wimpern
der **Wind**, die Winde
die **Win|del**, die Windeln
win|dig
das **Wind|licht**, die Windlichter
der **Win|kel**, die Winkel
win|ke|lig *(= winklig)*
win|ken, du winkst, er winkte, sie hat gewunken
wink|lig *(= winkelig)*
win|seln, ich winsle, du winselst, er winselte, sie hat gewinselt
der **Win|ter**, die Winter
win|ter|lich
der **Win|zer**, die Winzer
die **Win|ze|rin**, die Winzerinnen
win|zig
wir: wir singen
er **wird** → werden
sie **wirft** → werfen
wir|ken, es wirkt, du wirkst, er wirkte, sie hat gewirkt; Er wirkt müde.
wirk|lich
die **Wirk|lich|keit**
die **Wir|kung**, die Wirkungen
wirr
der **Wirt**, die Wirte
die **Wir|tin**, die Wirtinnen
die **Wirt|schaft**; wirtschaften
das **Wirts|haus**, die Wirtshäuser
wi|schen, du wisch(s)t, er wischte, sie hat gewischt
wis|sen, du weißt, er wusste, sie hat gewusst
das **Wis|sen**
die **Wis|sen|schaft**
wit|tern, der Hund wittert, er witterte, sie hat gewittert
die **Wit|te|rung**
die **Wit|we**, die Witwen
der **Wit|wer**, die Witwer
der **Witz**, die Witze
wit|zig

wo

wo: Wo ist er?
die **Wo|che**, die Wochen
das **Wo|chen|en|de**, die Wochenenden
wo|chen|lang
wö|chent|lich
wo|für: Wofür brauchst du das?
sie **wog** → wiegen
wo|her: Woher hast du das?
wo|hin: Wohin gehst du?
wohl: wohl oder übel
sich **wohl|füh|len**, du fühlst dich wohl, er fühlte sich wohl, sie hat sich wohlgefühlt

wohl|ha|bend: wohlhabend sein
woh|nen, du wohnst, er wohnte, sie hat gewohnt
das **Wohn|haus**, die Wohnhäuser
die **Woh|nung**, die Wohnungen
der **Wohn|wa|gen**, die Wohnwagen *(= Wohnwägen)*
das **Wohn|zim|mer**, die Wohnzimmer
der **Wolf**, die Wölfe
die **Wol|ke**, die Wolken
der **Wol|ken|krat|zer**, die Wolkenkratzer
wol|kig
die **Wol|le**
das / der **Woll|knäu|el**, die Wollknäuel
wol|len, du willst, er wollte, sie hat gewollt
wo|mit: Womit arbeitest du?
das **Wort**, die Wörter
das **Wör|ter|buch**
wört|lich: etwas wörtlich nehmen
der **Wort|schatz**
wo|r|ü|ber: Worüber regst du dich auf?
wo|von: Wovon träumst du?
wo|zu: Wozu brauchst du das?

wu

sie **wuchs** → wachsen
wüh|len, du wühlst, er wühlte, sie hat gewühlt
die **Wun|de**, die Wunden
das **Wun|der**, die Wunder
wun|der|bar
sich **wun|dern**, ich wundere mich, du wunderst dich, er wunderte sich, sie hat sich gewundert; es wundert mich
wun|der|schön
der **Wunsch**, die Wünsche
wün|schen, du wünsch(s)t, er wünschte, sie hat gewünscht
er **wur|de** → werden
der **Wurf**, die Würfe
der **Wür|fel**, die Würfel
wür|feln, du würfelst, er würfelte, sie hat gewürfelt
der **Wurm**, die Würmer
die **Wurst**, die Würste
das **Würs|tel**, die Würstel(n)
die **Wur|zel**, die Wurzeln
wür|zen, du würzt, er würzte, sie hat gewürzt
sie **wusch** → waschen
er **wuss|te** → wissen
die **Wüs|te**, die Wüsten
die **Wut**
wü|tend

Xx

die **X-Bei|ne**
x-fach
x-mal
das **Xy|lo|fon** *(= Xylophon)*, die Xylofone
das **Xy|lo|phon** *(= Xylofon)*, die Xylophone

Yy

die **Yacht** *(= Jacht)*, die Yachten
das **Yo|ga**
das **Yp|si|lon**

za

die **Za|cke**, die Zacken
za|ckig
zäh
die **Zahl**, die Zahlen
zah|len, du zahlst, er zahlte, sie hat gezahlt
zäh|len, du zählst, er zählte, sie hat gezählt
der **Zäh|ler**, die Zähler
die **Zah|lung**, die Zahlungen
zahm: ein zahmes Tier
zäh|men, du zähmst, er zähmte, sie hat gezähmt
der **Zahn**, die Zähne
der **Zahn|arzt**, die Zahnärzte
die **Zahn|ärz|tin**, die Zahnärztinnen
die **Zahn|bürs|te**
die **Zahn|span|ge**
die **Zan|ge**, die Zangen
der **Zap|fen**, die Zapfen
zap|peln, du zappelst, er zappelte, sie hat gezappelt
zart
zärt|lich
die **Zärt|lich|keit**
der **Zau|ber**, die Zauberei
der **Zau|be|rer**, die Zauberer
die **Zau|be|rin**, die Zauberinnen
zau|bern, ich zaubere, du zauberst, er zauberte, sie hat gezaubert

der **Zaum**, das Zaumzeug
der **Zaun**, die Zäune

ze

das **Ze|b|ra**, die Zebras
der **Ze|b|ra|strei|fen**
der **Zeck** *(= die Zecke)*, die Zecken
die **Ze|cke** *(= der Zeck)*, die Zecken
der **Zeh** *(= die Zehe)*, die Zehen
die **Zehe** *(= der Zeh)*, die Zehen; auf den Zehenspitzen
zehn: die Nummer Zehn
der **Zeh|ner**; der Zehnte
zehn|mal
zehn|tau|send
das **Zei|chen**, die Zeichen; die Zeichensprache
der **Zei|chen|block**, die Zeichenblöcke
zeich|nen, du zeichnest, er zeichnete, sie hat gezeichnet
die **Zeich|nung**, die Zeichnungen
zei|gen, du zeigst, er zeigte, sie hat gezeigt
der **Zei|ger**, die Zeiger
die **Zei|le**, die Zeilen
die **Zeit**, die Zeiten
zei|tig
der **Zeit|punkt**
die **Zeit|schrift**, die Zeitschriften
die **Zei|tung**, die Zeitungen
das **Zeit|wort**, die Zeitwörter
die **Zel|le**, die Zellen
das **Zel|lo|phan** *(= Cellophan)*
das **Zelt**, die Zelte; zelten
der **Zen|ti|me|ter**, die Zentimeter
zen|tral
die **Zen|t|ral|hei|zung**, die Zentralheizungen
das **Zen|t|rum**, die Zentren
es **zer|brach** → zerbrechen
zer|bre|chen, du zerbrichst, er zerbrach, sie hat zerbrochen
zer|brech|lich
es **zer|bricht** → zerbrechen
zer|klei|nern, du zerkleinerst, er zerkleinerte, sie hat zerkleinert
zer|knül|len, du zerknüllst, er zerknüllte, sie hat zerknüllt
zer|rei|ßen, du zerreißt, er zerriss, sie hat zerrissen
zer|ren, du zerrst, er zerrte, sie hat gezerrt
er **zer|riss** → zerreißen
die **Zer|rung**, die Zerrungen
zer|stö|ren, du zerstörst, er zerstörte, sie hat zerstört

A B C D E F G H I J K L M N O P Q R S T U V W X Y Z

die **Zer|stö|rung**, die Zerstörungen
zer|tei|len, du zerteilst, er zerteilte, sie hat zerteilt
der **Zet|tel**, die Zettel
der **Zeu|ge**, die Zeugen
die **Zeu|gin**, die Zeuginnen
das **Zeug|nis**, die Zeugnisse

zi

die **Zie|ge**, die Ziegen
der **Zie|gel**, die Ziegel
der **Zie|gen|bock**, die Ziegenböcke
zie|hen, du ziehst, er zog, sie hat gezogen
die **Zieh|har|mo|ni|ka**, die Ziehharmonikas *(= Ziehharmoniken)*
das **Ziel**, die Ziele
zie|len, du zielst, er zielte, sie hat gezielt
ziel|los
ziel|stre|big
ziem|lich
zier|lich
die **Zif|fer**, die Ziffern
die **Zi|ga|ret|te**, die Zigaretten
die **Zi|gar|re**, die Zigarren
das **Zim|mer**, die Zimmer
zim|per|lich: zimperlich sein
der **Zimt**; die Zimtstange
der **Zins**, die Zinsen
der **Zip|fel**, die Zipfel
zir|ka *(= circa)*
der **Zir|kel**, die Zirkel
der **Zir|kus**, die Zirkusse
der **Zir|kus|wa|gen**
zir|pen, die Grille zirpt, sie zirpte, sie hat gezirpt
zi|schen, du zisch(s)t, er zischte, sie hat gezischt
die **Zi|ther**, die Zithern
die **Zi|t|ro|ne**, die Zitronen
zit|te|rig *(= zittrig)*
zit|tern, du zitterst, er zitterte, sie hat gezittert
zit|trig *(= zitterig)*: zittrige Knie haben
der **Zi|vil|dienst**

zo

es **zog** → ziehen
sie **zog** sich um → umziehen
zö|gern, du zögerst, er zögerte, sie hat gezögert
zö|gernd
der **Zoll**, die Zölle
der **Zoo**, die Zoos
der **Zoo|di|rek|tor**, die Zoodirektoren
die **Zoo|di|rek|to|rin**, die Zoodirektorinnen
der **Zopf**, die Zöpfe
der **Zorn**
zor|nig

zu

zu: zu mir

zu|be|rei|ten, du bereitest das Essen zu, er bereitete zu, sie hat zubereitet
die **Zu|be|rei|tung**
die **Zuc|chi|ni** *(Mz.)*
die **Zucht**; züchten
der **Zu|cker**
das **Zu|ckerl**, die Zuckerl(n)
zu|ckern, du zuckerst, er zuckerte, sie hat gezuckert
zu|cker|süß
die **Zu|cker|wat|te**
zu|ei|n|an|der
zu|erst
die **Zu|fahrt**, die Zufahrten
der **Zu|fall**, die Zufälle
zu|frie|den: zufrieden sein
die **Zu|frie|den|heit**
der **Zug**, die Züge
der **Zu|gang**, die Zugänge
zu|ge|ben, du gibst zu, er gab zu, sie hat zugegeben
der **Zü|gel**, die Zügel
zu Hau|se *(= zuhause)*
zu|hau|se *(= zu Hause)*
das **Zu|hau|se**
zu|hö|ren, du hörst zu, er hörte zu, sie hat zugehört
der **Zu|hö|rer**, die Zuhörer
die **Zu|hö|re|rin**, die Zuhörerinnen
zu|knöp|fen, du knöpfst zu, er knöpfte zu, sie hat zugeknöpft
die **Zu|kunft**
zu|letzt
zum: zum Beispiel
zu|min|dest
der **Zu|na|me** *(= Zunamen)*, die Zunamen
zün|deln, ich zündle, du zündelst, er zündelte, sie hat gezündelt
das **Zünd|holz**, die Zündhölzer
die **Zun|ge**, die Zungen; der Zungenbrecher
zup|fen, du zupfst, er zupfte, sie hat gezupft
zur: zur Schule gehen
zu|rück
zur|zeit
zu|sam|men: zusammen sein
die **Zu|sam|men|ar|beit**
zu|sam|men|ar|bei|ten, du arbeitest zusammen, er arbeitete zusammen, sie hat zusammengearbeitet
zu|sam|men|hal|ten, du hältst zusammen, er hielt zusammen, sie hat zusammengehalten
der **Zu|sam|men|stoß**, die Zusammenstöße
zu|sam|men|sto|ßen, sie stoßen zusammen, sie stießen zusammen, sie sind zusammengestoßen
zu|sätz|lich

A B C D E F G H I J K L M N O P Q R S T U V W X Y Z

zu|schau|en, du schaust zu, er schaute zu, sie hat zugeschaut
der **Zu|schau|er**, die Zuschauer
die **Zu|schau|e|rin**, die Zuschauerinnen
zu|se|hen, du siehst zu, er sah zu, sie hat zugesehen
der **Zu|se|her**, die Zuseher
die **Zu|se|he|rin**, die Zuseherinnen
die **Zu|tat**, die Zutaten
zu|trau|lich
der **Zu|tritt**
zu|vor

zw

er **zwang** → zwingen
sich **zwän|gen**, du zwängst dich, er zwängte sich, sie hat sich gezwängt
zwan|zig
zwar
zweck|los
der **Zwei|fel**, die Zweifel
zwei|feln, du zweifelst, er zweifelte, sie hat gezweifelt
der **Zweig**, die Zweige
zwei|hun|dert
zwei|mal: zweimal (2-mal) klopfen
der **Zwerg**, die Zwerge
die **Zwetsch|ke**, die Zwetschken
zwi|cken, du zwickst, er zwickte, sie hat gezwickt
der **Zwie|back**, die Zwiebacke
die **Zwie|bel**, die Zwiebeln
der **Zwie|laut**, die Zwielaute
der **Zwil|ling**, die Zwillinge
zwin|gen, du zwingst mich, er zwang mich, sie hat mich gezwungen
zwin|kern, ich zwinkere, du zwinkerst, er zwinkerte, sie hat gezwinkert
der **Zwirn**, die Zwirne
zwi|schen: zwischen den Häusern
zwit|schern, der Vogel zwitschert, er zwitscherte, er hat gezwitschert
zwölf: die Zahl Zwölf; die zwölfjährigen (12-jährigen) Buben
der **Zwöl|fer**; der Zwölfte
zwölf|mal: zwölfmal (12-mal) rufen
zwölf|tau|send

zy

der **Zy|lin|der**, die Zylinder

So findest du dich bei den Wortschatzhilfen zurecht

Der letzte Teil des Wörterbuches hat zwei Teile:

Wortfelder

Wortfelder

A B C D E F G H I J K L M N O P Q R S T U V W X Y Z

dick

fett:
Die fette Gans watschelt in den Stall.

kräftig:
Mit kräftigen Armen hebt der Mann die Kiste hoch.

kugelrund:
Der Apfel ist rot und kugelrund.

dünn

mager:
Amelie hat magere Beine.

schlank:
Die schlanke Frau trägt ein grünes Kleid.

zart:
Jonas streichelt das zarte Küken.

essen

knabbern:
Das Baby knabbert an einem Keks.

mampfen:
Mia mampft ihre Jause.

speisen:
Der König speist an einem langen Tisch.

fahren

rasen:
Das Motorrad rast auf der Straße.

rollen:
Der Bus rollt zur Ampel.

flitzen:
Mit dem Roller flitzen wir um die Ecke.

228

Hier sind einige besonders häufige Wörter nach dem ABC geordnet. In jedem Kasten stehen mehrere Sätze. Die **fett** geschriebenen Wörter haben eine ähnliche Bedeutung. So lernst du, deinen Wortschatz zu erweitern.

Zeitwortformen

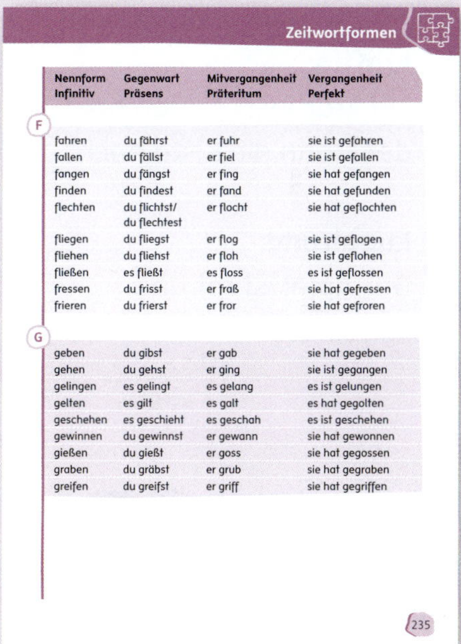

Zeitwortformen

Nennform Infinitiv	Gegenwart Präsens	Mitvergangenheit Präteritum	Vergangenheit Perfekt
F			
fahren	du fährst	er fuhr	sie ist gefahren
fallen	du fällst	er fiel	sie ist gefallen
fangen	du fängst	er fing	sie hat gefangen
finden	du findest	er fand	sie hat gefunden
flechten	du flichtst/ du flechtest	er flocht	sie hat geflochten
fliegen	du fliegst	er flog	sie ist geflogen
fliehen	du fliehst	er floh	sie ist geflohen
fließen	es fließt	es floss	es ist geflossen
fressen	du frisst	er fraß	sie hat gefressen
frieren	du frierst	er fror	sie hat gefroren
G			
geben	du gibst	er gab	sie hat gegeben
gehen	du gehst	er ging	sie ist gegangen
gelingen	es gelingt	es gelang	es ist gelungen
gelten	es gilt	es galt	es hat gegolten
geschehen	es geschieht	es geschah	es ist geschehen
gewinnen	du gewinnst	er gewann	sie hat gewonnen
gießen	du gießt	er goss	sie hat gegossen
graben	du gräbst	er grub	sie hat gegraben
greifen	du greifst	er griff	sie hat gegriffen

235

Das ist eine Liste von Zeitwörtern, die besondere Formen haben. Wenn du nicht sicher bist, wie eine Zeitwortform richtig heißt, schaue hier nach! Die Zeitwörter sind nach dem ABC geordnet.

dick

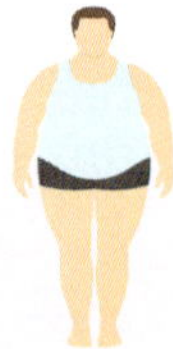

fett:
Die fette Gans watschelt in den Stall.

kräftig:
Mit kräftigen Armen hebt der Mann die Kiste hoch.

kugelrund:
Der Apfel ist rot und kugelrund.

dünn

mager:
Amelie hat magere Beine.

schlank:
Die schlanke Frau trägt ein grünes Kleid.

zart:
Jonas streichelt das zarte Küken.

essen

knabbern:
Das Baby knabbert an einem Keks.

mampfen:
Mia mampft ihre Jause.

speisen:
Der König speist an einem langen Tisch.

fahren

rasen:
Das Motorrad rast auf der Straße.

rollen:
Der Bus rollt zur Ampel.

flitzen:
Mit dem Roller flitzen wir um die Ecke.

gehen

laufen:
Die Kinder laufen im Garten.

rennen:
Max rennt zur Haltestelle.

wandern:
Wir wandern heute Morgen in die Berge.

groß

erwachsen:
Wenn ich groß bin, möchte ich Tischler werden.

riesig:
Wir bauen eine riesige Schneeburg.

hoch:
Der Ball fliegt hoch in die Luft.

klein

jung:
Der junge Hund spielt mit dem Ball.

niedrig:
Das Flugzeug fliegt sehr niedrig.

winzig:
Das Baby hat winzige Finger.

lachen

kichern:
Die Mädchen kichern über den Witz.

lächeln:
Die Verkäuferin lächelt mir zu.

sich zerkugeln:
Die Kinder zerkugeln sich vor Lachen.

langsam

gemächlich:
Gemächlich kommt der Hund auf mich zu.

im Schneckentempo:
Die Autos rollen im Schneckentempo vorwärts.

schleppend:
Emil liest das Gedicht schleppend vor.

laut

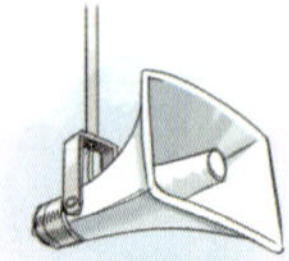

dröhnend:
Dröhnend fahren die Lastwagen vorbei.

krachend:
Der Baum fällt krachend um.

lautstark:
Die Kinder singen lautstark ein Lied.

leise

lautlos:
Lautlos flattert der Schmetterling ins Haus.

ruhig:
Im Museum sind die Kinder ganz ruhig.

still:
In der Nacht ist es überall still.

machen

erledigen:
Nico erledigt seine Hausaufgaben.

unternehmen:
Die Klasse unternimmt einen Ausflug.

zubereiten:
Wir bereiten das Abendessen zu.

sagen

berichten:
Nada berichtet von ihrem Urlaub.

erzählen:
Die Großmutter erzählt eine Geschichte.

sprechen:
In der Schule sprechen wir über Tiere.

reden:
In der Pause reden alle durcheinander.

antworten:
Paul antwortet dem Lehrer.

fragen:
Die Tante fragt nach dem Weg.

sagen (laut)

brüllen:
„Da kommt die Hexe“, brüllt der Kasperl.

rufen:
Die Mutter ruft: „Pass auf, wenn du über die Straße gehst!“

schreien:
„Ich habe Hunger“, schreit der kleine Bub.

sagen (leise)

flüstern:
Sara flüstert Max ein Geheimnis ins Ohr.

murmeln:
Tom murmelt eine Entschuldigung.

tuscheln:
Die Kinder tuscheln im Unterricht.

A B C D E F G H I J K L M N O P Q R S T U V W X Y Z

schlafen

dösen:
Mein Opa döst auf der Couch.

schlummern:
Niko und Tanja schlummern in ihren Betten.

schnarchen:
Der Hund schnarcht unter dem Tisch.

schnell

flink:
Das Eichhörnchen klettert flink auf den Baum.

geschwind:
Geschwind läuft Tobi zum Bäcker.

eilig:
Eilig packt Klara ihre Schultasche ein.

sehen

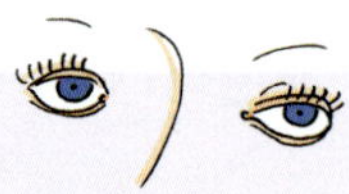

beobachten:
Wir beobachten die Vögel im Garten.

betrachten:
Mia betrachtet das Bild.

schauen:
Nico schaut aus dem Fenster nach draußen.

anblicken:
Die Mutter blickt mich fragend an.

entdecken:
Ali entdeckt den Ring unter dem Tisch.

erkennen:
Wir erkennen das rote Auto in der Ferne.

super

toll:
„Ich hatte einen tollen Urlaub“, sagt Emma.

sehr gut:
Du spielst sehr gut Geige.

wunderbar:
Das Essen schmeckt wunderbar.

tragen

schleppen:
Gemeinsam schleppen die Männer den Sack.

transportieren:
Mit dem Auto transportieren wir die Möbel.

ziehen:
Dana zieht den Schlitten durch den Schnee.

trinken

hinunterstürzen:
Sonja stürzt das Glas Wasser hinunter.

nippen:
Luis nippt am heißen Tee.

schlürfen:
Das Baby schlürft seine Milch.

weinen

heulen:
Marie heult, weil sie sich geschnitten hat.

schluchzen:
Jan schluchzt vor Angst.

wimmern:
Das Baby wimmert in seiner Wiege.

Nennform Infinitiv	Gegenwart Präsens	Mitvergangenheit Präteritum	Vergangenheit Perfekt
A			
anfangen	du fängst an	er fing an	sie hat angefangen
B			
befehlen	du befiehlst	er befahl	sie hat befohlen
beginnen	du beginnst	er begann	sie hat begonnen
beißen	du beißt	er biss	sie hat gebissen
biegen	du biegst	er bog	sie hat gebogen
binden	du bindest	er band	sie hat gebunden
bitten	du bittest	er bat	sie hat gebeten
blasen	du bläst	er blies	sie hat geblasen
bleiben	du bleibst	er blieb	sie ist geblieben
brechen	du brichst	er brach	sie hat gebrochen
brennen	du brennst	er brannte	sie hat gebrannt
bringen	du bringst	er brachte	sie hat gebracht
C			
D			
denken	du denkst	er dachte	sie hat gedacht
dreschen	du drisch(s)t	er drosch	sie hat gedroschen
dürfen	du darfst	er durfte	sie hat gedurft/ sie hat dürfen
E			
empfangen	du empfängst	er empfing	sie hat empfangen
erschrecken	du erschreckst ihn	er erschreckte ihn	sie hat ihn erschreckt
essen	du isst	er aß	sie hat gegessen

Nennform Infinitiv	Gegenwart Präsens	Mitvergangenheit Präteritum	Vergangenheit Perfekt
F			
fahren	du fährst	er fuhr	sie ist gefahren
fallen	du fällst	er fiel	sie ist gefallen
fangen	du fängst	er fing	sie hat gefangen
finden	du findest	er fand	sie hat gefunden
flechten	du flichtst/ du flechtest	er flocht	sie hat geflochten
fliegen	du fliegst	er flog	sie ist geflogen
fliehen	du fliehst	er floh	sie ist geflohen
fließen	es fließt	es floss	es ist geflossen
fressen	du frisst	er fraß	sie hat gefressen
frieren	du frierst	er fror	sie hat gefroren
G			
geben	du gibst	er gab	sie hat gegeben
gehen	du gehst	er ging	sie ist gegangen
gelingen	es gelingt	es gelang	es ist gelungen
gelten	es gilt	es galt	es hat gegolten
geschehen	es geschieht	es geschah	es ist geschehen
gewinnen	du gewinnst	er gewann	sie hat gewonnen
gießen	du gießt	er goss	sie hat gegossen
graben	du gräbst	er grub	sie hat gegraben
greifen	du greifst	er griff	sie hat gegriffen

Nennform Infinitiv	Gegenwart Präsens	Mitvergangenheit Präteritum	Vergangenheit Perfekt
H			
haben	du hast	er hatte	sie hat gehabt
halten	du hältst	er hielt	sie hat gehalten
hängen	du hängst	er hängte/es hing	sie hat gehängt/ es ist gehangen
heben	du hebst	er hob	sie hat gehoben
heißen	du heißt	er hieß	sie hat geheißen
helfen	du hilfst	er half	sie hat geholfen
I			
J			
K			
kennen	du kennst	er kannte	sie hat gekannt
klingen	du klingst	er klang	sie hat geklungen
kommen	du kommst	er kam	sie ist gekommen
können	du kannst	er konnte	sie hat gekonnt
kriechen	du kriechst	er kroch	sie ist gekrochen
L			
laden	du lädst/ du ladest	er lud	sie hat geladen
lassen	du lässt	er ließ	sie hat gelassen
laufen	du läufst	er lief	sie ist gelaufen
leiden	du leidest	er litt	sie hat gelitten
leihen	du leihst	er lieh	sie hat geliehen
lesen	du liest	er las	sie hat gelesen
liegen	du liegst	er lag	sie ist gelegen
lügen	du lügst	er log	sie hat gelogen

Nennform Infinitiv	Gegenwart Präsens	Mitvergangenheit Präteritum	Vergangenheit Perfekt
M			
melken	du melkst	er molk/er melkte	sie hat gemolken
messen	du misst	er maß	sie hat gemessen
mögen	du magst	er mochte	sie hat gemocht/ sie hat mögen
müssen	du musst	er musste	sie hat gemusst
N			
nehmen	du nimmst	er nahm	sie hat genommen
O			
P			
pfeifen	du pfeifst	er pfiff	sie hat gepfiffen
Q			
quellen	es quillt	es quoll	es ist gequollen
R			
raten	du rätst	er riet	sie hat geraten
reiben	du reibst	er rieb	sie hat gerieben
reißen	du reißt	er riss	sie hat gerissen
reiten	du reitest	er ritt	sie ist geritten
rennen	du rennst	er rannte	sie ist gerannt
riechen	du riechst	er roch	sie hat gerochen
rinnen	es rinnt	es rann	es ist geronnen
rufen	du rufst	er rief	sie hat gerufen

Nennform Infinitiv	Gegenwart Präsens	Mitvergangenheit Präteritum	Vergangenheit Perfekt
S			
saugen	du saugst	er sog/er saugte	sie hat gesogen/ sie hat gesaugt
scheiden	du scheidest	er schied	sie ist geschieden
scheinen	es scheint	es schien	es hat geschienen
scheren	du scherst	er schor	sie hat geschoren
schieben	du schiebst	er schob	sie hat geschoben
schießen	du schießt	er schoss	sie hat geschossen
schlafen	du schläfst	er schlief	sie hat geschlafen
schlagen	du schlägst	er schlug	sie hat geschlagen
schleichen	du schleichst	er schlich	sie ist geschlichen
schleifen	du schleifst	er schliff	sie hat geschliffen
schließen	du schließt	er schloss	sie hat geschlossen
schlingen	du schlingst	er schlang	sie hat geschlungen
schmeißen	du schmeißt	er schmiss	sie hat geschmissen
schmelzen	es schmilzt	es schmolz	es ist geschmolzen
schneiden	du schneidest	er schnitt	sie hat geschnitten
schreiben	du schreibst	er schrieb	sie hat geschrieben
schreien	du schreist	er schrie	sie hat geschrien
schreiten	du schreitest	er schritt	sie ist geschritten
schweigen	du schweigst	er schwieg	sie hat geschwiegen
schwellen	es schwillt	es schwoll	es ist geschwollen
schwimmen	du schwimmst	er schwamm	sie ist geschwommen
schwinden	es schwindet	es schwand	es ist geschwunden
schwingen	du schwingst	er schwang	sie hat geschwungen
schwören	du schwörst	er schwor	sie hat geschworen
sehen	du siehst	er sah	sie hat gesehen
sein	du bist	er war	sie ist gewesen

Nennform Infinitiv	Gegenwart Präsens	Mitvergangenheit Präteritum	Vergangenheit Perfekt
sieden	es siedet	es sott/es siedete	es hat gesotten/ es hat gesiedet
singen	du singst	er sang	sie hat gesungen
sinken	es sinkt	es sank	es ist gesunken
sitzen	du sitzt	er saß	sie ist gesessen
speien	du speist	er spie	sie hat gespien
spinnen	du spinnst	er spann	sie hat gesponnen
sprechen	du sprichst	er sprach	sie hat gesprochen
sprießen	es sprießt	es spross	es ist gesprossen
springen	du springst	er sprang	sie ist gesprungen
stechen	du stichst	er stach	sie hat gestochen
stehen	du stehst	er stand	sie ist gestanden
stehlen	du stiehlst	er stahl	sie hat gestohlen
steigen	du steigst	er stieg	sie ist gestiegen
sterben	du stirbst	er starb	sie ist gestorben
stoßen	du stößt	er stieß	sie hat gestoßen
streichen	du streichst	er strich	sie hat gestrichen
streiten	du streitest	er stritt	sie hat gestritten
T			
tragen	du trägst	er trug	sie hat getragen
treffen	du triffst	er traf	sie hat getroffen
treiben	du treibst	er trieb	sie hat getrieben
treten	du trittst	er trat	sie hat getreten
trinken	du trinkst	er trank	sie hat getrunken
tun	du tust	er tat	sie hat getan
U			

Nennform Infinitiv	Gegenwart Präsens	Mitvergangenheit Präteritum	Vergangenheit Perfekt
V			
verbieten	du verbietest	er verbat	sie hat verboten
verderben	es verdirbt	es verdarb	es ist verdorben
vergessen	du vergisst	er vergaß	sie hat vergessen
verlieren	du verlierst	er verlor	sie hat verloren
verzeihen	du verzeihst	er verzieh	sie hat verziehen
W			
wachsen	du wächst	er wuchs	sie ist gewachsen
waschen	du wäsch(s)t	er wusch	sie hat gewaschen
werden	du wirst	er wurde	sie ist geworden
werfen	du wirfst	er warf	sie hat geworfen
wiegen	du wiegst	er wog	sie hat gewogen
winden	du windest	er wand	sie hat gewunden
wissen	du weißt	er wusste	sie hat gewusst
wollen	du willst	er wollte	sie hat gewollt
X			
Y			
Z			
ziehen	du ziehst	er zog	sie hat gezogen
zwingen	du zwingst	er zwang	sie hat gezwungen